私はなぜ自分の本を一冊も書かなかったのか

私はなぜ自分の本を一冊も書かなかったのか

Marcel Benabou

マルセル・ベナブー

塩塚秀一郎▼訳

sentier de la critique

批評の小径

水声社

ourquoi je n'ai écrit aucun de m
our bien des oreilles la formule
omme une provocation : n'y aura
rrière [illegible] prise et le détourneme
tre [illegible] meux, le désir présor
affirmer une parenté [illegible] oire (
ne identification (ou moins
émarche) avec Raymond Rousse
ait [illegible], ce serait puéril. Une ch
livrer, il y a un demi-siècle, en u
atique révélation posthume, quelo
ien peu, à vrai dire) des secrets de
on d'une œuvre qui avait eu le te
scinée [illegible] d'intriguer ses lecteurs (
cteurs !) ; une autre, à coup sûr, est
ndre aujourd'hui intéresser un

sentier de la critique
批評の小径

目次

イザベルに

冒頭で自分の主題を示す時には端的に表現すべきであるが、同時に豊かな可能性をも付与し、作品のあらゆる部分がその付属品に過ぎなくなるようにすべきだ。こう悟った私はそのような示し方を長いこと探してきた。『ベルフェゴール』〔ジュリアン・バンダの著書（一九一八）〕の冒頭の文には数年を要したほどだ。

――J・バンダ『知識人の青春時代』

読者に

書物の出だしの数行はことのほか重要である。どれほど気を配ってもやり過ぎということはあるまい。プロの批評家や読者が恥ずかしげもなく白状するところでは、出だしの三行でひとつの作品を判断するとのこと。出だしが気に入らなければ読むのをやめ、ほっとして次の本に取りかかるのだ。

そんな手ごわい岬を読者は今まさに通過したわけである。いまや読者の存在に気づかぬふりもできない以上、あなたの勇気と冒険心を称賛させていただきたい。突飛な船旗で当たりをつけたはいいが、その下にどんな積み荷があるやも知らぬまま、あなたは未知の書物を読もうとしているのだ。大胆さなどもはや時代遅れとお考えだったろうが、これぞまさに大胆さというものだ。

確かに——こう言ったとてあなたの手柄にけちをつけることにはまったくならないが——今回冒した危険はたいしたものではなさそうだ。この書物はさほどの分量ではないし、これまでに少しでもウリポの作品に親しんでいたなら、表紙の名前に見覚えがあるかもしれない。

だが、それもまたあなたには危険となりうるだろう。どんな探検に引きずり込まれることになるか分かったものじゃない。それでも、あなたにいくつか確約をして誤解が生じないようにしておきたい。

あなたはたぶんこうお考えだろう。七千年来〔文字が発明されて以来〕生み出されてきた本（数枚の怪文書から浩瀚な百科事典までの、ありとあらゆる種類の本）がどれほど莫大な数にのぼろうと（概算値くらいはきっと何らかの専門書に載っているはず）、こうして今なお続く生産に私個人がまったく関わってこなかったというだけで、自らが特別だと主張するのは、なんにせよ馬鹿げていると。要するに、あなたに言わせれば、本を一冊も書いていないということだけでどんな人間なのかが分かるはずはないし、当人もそんなことは気にしてないはずなのだ。これを否定する者はいないだろう。

しかしながら、準拠サンプルを狭めて、多様な人類全体ではなくより限定された集団を考察するならば——たとえば、友人知人の輪の中を我々は各々動きまわって、その意見を気にしているわけだが——、事態は別の見え方をする。書くこと、とりわけ本を出版することが単なる仕事ではなく価値のある行為（ときに長きにわたる価値観の瓦解を唯一生き延びた行為）でもある環境においては、競争から降りれば大いに目立つことになるのだ。そして、この特異な状況は検討に値する。怒らせるにせよ、興奮させるにせよ、喜ばせるにせよ、はたまた心配させるにせよ、特異性は周囲の人たちに無視しえない疑問をかき立てるからだ。

これに答える方法はいくつかあるのだが、私はそれらを用いるつもりはまったくない。まったく網羅的ではないが、以下がその方法の一覧である。

- 書き言葉より話し言葉の長所を言い立てる、
- 言語をくさし、言葉の信用を傷つけ、〈真の意思疎通の一切不可能なる〉を嘆く、

・語りえぬものの中に身を隠し、沈黙を至高の価値として賞讃する、
・現実との格闘としての人生を、書くことより優先すべきものであると讃える、
・〈行動より望ましき不干渉〉の主題、あるいは〈どのみち破滅して死に絶える世界で事を始める虚しさ〉の主題を大げさに言い立てる。

私が自分の本を一冊も書かなかったのは、もちろん文学との絶縁を夢見ているからではない。私は書けないことをもって達成としたわけではないし、できないことをもって生産とみなしたわけでもないのだ。私は何も覆したいとは思っていない。それどころか、書物の世界の掟をすべて尊重しようと思っている。

たとえば、作家たる者は皆、作家ならざる者はなおさら、作品ならざる物を出版すべからずという不文律がある。さもなくば、出版社はただでさえ大量の原稿を送りつけられ処置に困っているのに、死蔵原稿の津波に呑みこまれてしまうだろう。おそらくは同じ理由から一般に次のことも認められよう。死んで（いて、多少とも名が知れて）いなければ、いつの日か未発表原稿を発表する権利はないということだ。書き物に手を染めた人間は、メモ書きやら下書きやら省察やらの山を、生涯にわたってため

込んでしまうものだが、ようやく形をなしたに過ぎないそれらの素材は来たるべき作品に組み込まれる日を待ち続けているのである。

どんな方法によるにせよ、この二つの規則に背きたいとはまったく思っていない。だからといって、何らかの理論を構築し、厳密な決定論の用語で自分が書かない理由を説明しようというわけでもない。

うまくいけば、本書はさまざまな（もちろんソクラテスが言う意味での）ダイモーンたち〔間違いを犯さないように警告してくる「声」〕による競争の所産ということになるだろう。懐疑とアイロニーのダイモーンは、最後の最後に、真面目と信念のダイモーンに勝ちを譲るだろう。だが、さしあたり私はこの競争の見物人に過ぎず、どの走者を応援すべきかさえ分からない。

著者

表題

書物とは表題の内容を増幅したもの、ないし増幅された表題そのものである。書物の本文は表題の説明から始まる、といった具合。

——ノヴァーリス

『私はなぜ自分の本を一冊も書かなかったのか』。多くの人の耳には、この言い方は挑発的に響くだろう。これほどよく知られた題名をもじるからには、レーモン・ルーセルと似ているとか〔ルーセルには『私はいかにしてある種の本を書いたか』（一九三五）と題された死後出版の著作がある〕、それどころか（少なくとも方法論は）同じだとか（言語道断にも）言い立てようとの、思いあがった願望が隠されているのではないか、と。もしそうなら大人気ない振る舞いだろう。半世紀前、じっくりと読者を惹きつけ魅了した作品について、その制作の秘密をいくつか（実際にはごくわずか）、作者の死後に謎めいたやり方で明かすことと、今日、（当然の理由から）誰も聞いたことのない本が日の目を見なかった理由を説明し、気のない読者の気を引こうとすることとは、まったく別の事柄なのだから。

それに、〈いかにして〉が〈なぜ〉に置き換えられているというだけで、（周知のごとく文壇にごまんといる）真面目な連中は、両者をどう関連づけようとも無駄だと思うことだろう。

挑発でないなら逆説ということになろうか。言語の内在的難点から生じる矛盾というわけだ。たとえば、自らが述べていることを、そう述べるだけで覆す文のように（誰しもその種のものをいくつかは覚えているものだ、クレタ人は嘘つきだと言うクレタ人、というあの極めて陳腐なやつだけだとしても）。こんな時、読者は（議論の便宜上少なくとも一人は読者がいることにしたのだが）こう叫んでもおかしくないだろう（もちろん読者がこの種の想像上の対話を好むとしての話だが、こうした技法は確かに便利なもので、かつては優れた小説においておおいに用いられた後、使い古された技巧としてお払い箱になったものの、情報理論のおかげで双方向性という耳触りのよい呼び名のもと再び盛り返しつつある）、というわけで読者はこう叫んでもおかしくなく、憤懣やるかたない調子で著者（我々に語りかける人を慣例に従いこう呼ぼう）に対して訴えるには、少なくとも一冊は彼が、というのは著者のことだが、書いた本があって、それこそまさに彼が、というのは読者（つまりあなた）のことだが、まさに手にしている本であり、こうしたこんがらがった議論の対象となっている本そのものなのである。この訴えに対して、著者（とにかく今やそういうものとされている人）は訳なく存分に反論できるだろう。その反論は読者を黙らせてしまうだろう。周知のとおり、たいていの場合、著者が読者に発言を許すのは、あとで読者を踏み台とし自分が輝くためでしかないのだ。

　というわけで、著者はこうやり返せるだろう。文学とは際立って逆説が生じやすい領域なのだ、と。権威筋がまさに主張していたではないか。作家の内部では、「苦悩する人間の傍らにも冷静な人間が姿をとどめ、狂人の傍らにも理性的人物がおり、一切の言葉を失った唖者にも雄弁なる弁論の達人が固く結びついているのだ」〔ブランショ『踏みはずし』（一九四三）の一節〕と。だが著者が選択するのはこうした防衛ラインではない。もっとたどりやすい別の道が開けているからだ。

著者は自著の題名が見た目ほど逆説的ではないと強調してもよかろう。自分の本を一冊も書かなかったと言い切るとき、どの要素に力点が置かれるかに従って、著者が言いたかったことは変わりうるのだ。自分の本を他人に書かせたという意味にもなりうるし、彼自身が他人の本を書いたのだということも意味しうる。前者は珍しい行為ではなく、もはやかつてのように卑劣とは見なされないし、後者も少なくとも前者と同程度には広まっているものの、はるかに評価は得にくい。あるいはまた、自分の本を構想するだけで紙に書きつけるには至らなかった、とか、はたまた、一般に本と呼ばれているのとは違うものを書いてしまった、とか。

それに、著者にさらに言わせるならば、〈私〉と言っている者と著者とを同一視するいわれはまったくないのだ。著者がこの人物に対しひとかけらでも連帯感を感じているかでさえ知れたものではない。結局、〈私〉もふつうの単語の一つ、ときに便利な、単なる道具に過ぎないわけで、その道具で遊ぶことは禁じられてはいないものの、そういう遊びはともすれば落とし穴にはまってしまうものなのだ。

そこで著者が白状するには、彼より前に『アンリ・ブリュラール』〔スタンダールの自伝的作品（一八九〇〕の作者が心配していた現象、つまり、〈私に〉やら〈私が〉やら〈私は〉の氾濫に責任を負わずに済むよう、一瞬、自分のためにアンリ・ブリュラールのような人物をこしらえたくなったのだが（この著者なら、マルク・グッゲンハイムとか、マルタン・ビュルナック〔「ビュルナック」は、ペレックの知人、クロード・ビュルジュランとブリュノ・マルスナックの名から合成された姓。ペレックの作品にもしばしば現れる〕とか、マティアス・フラヌリー〔カルヴィーノの小説『冬の夜ひとりの旅人が』（一九七九）に登場する作家サイラス・フラナリーを思わせる名〕のような名前を注意深く選んだはずだ）、そうしておけばその人物が一人で全責任を負ってくれただろう。

だが、著者は戸籍簿と張り合いたい〔『人間喜劇』によって十九世紀前半のフランス社会を総体として描こうとしたバルザックの野心を表すものとして知られる表現〕とも張り合えるとも思っていなかった。そうしたことは、かつて才能に満ち溢れた者たちがやり遂げてしまっているので、今さら取り組もうという気にはならないものだ。

それゆえに最善の策はもっとも確実な手法に立ち返ることではないか、と著者は思ったのだという。つまり、知らない人からこっそり書類を託されるという手法だ。作家が面白がりながら共感して悠然と見守るなか、語り手は謎の人物による告白を書き写し自分なりの論評を加えただけ、ということになる。こうして立て続けに分身の煙幕を張り、それら同士のあいだにちょっとした齟齬を仕込んでおけば、その後の事態にいささかなりとも巻き込まれるのを確実に避けられたはずなのだ。

だが、著者は生来の優柔不断のため決断できなかった。ついには、誰も非難しようなどと思っていないかもしれないのに、それに備えてこれほど策を弄するのがばかばかしくなってしまった。そもそも、実際の作者と仮想の作者の区別くらい、もっと簡単に言えば、作家とその主人公の区別くらい、誰だってできるのだから。

読者がまだこのしち面倒な前置きにうんざりしていないなら、おそらくすでにお分かりいただけただろうが、この作品はその題名が言及している（ものの存在しない）本とまったく同じカテゴリーに属すわけでも、同じレベルに位置するわけでもない。ディドロとマグリットに由来するところが丸わかりの言い回しで言い換えるなら、「これは本ではない」のだ〔ディドロには「これはコントではない」と題されたコントがあり、マグリットには「これはパイプではない」と題されたパイプの絵がある〕。

「なんだって？　今さら命脈尽きた反文学〔フランソワ・モーリアックの用語〕の後裔、消滅した反小説〔サルトルの造語〕の化身、何について書かれたのでもない本〔フロベールが書きたいと願った書物のあり方〕の焼き直しだとでも？」

「おいおい。あまり早く手の内をさらさないようにしようよ。ここに示されたものが本当のところどんなもので、何て名前をつけるのが一番いいかは、ひとりひとりに考えてもらおう」

とんでもない、とあなたは言うだろう。こんなに古臭いごまかしで切り抜けられると思っているなら、我らが著者はよほどお目出たいに違いない。対話がひとたび始まればこんなふうに無難に終わることはありえず、真面目な読者は必ずや当然の質問を発することだろう。

「この本は他の本とどこが違うのでしょうか。この本だって言葉と紙で出来ているのではありませんか。読解すれば、明快に分かるのではないですか。損壊すれば、分解して分かれるのではないですか」

すると著者は困惑の色を隠せない。読者をどれほど尊敬していて喜ばせたいと思っていようと、この質問への答えは保留ということになる。というのも、こうした興味を満たそうとすれば、どうにかこうにか座ろうとしている木の枝を自ら切り落とすことになるのは明らかだから。なぜいかなる点でこれが本ではないかを著者が説明しているさまをちょっと想像してみよう。読者はまさにそのせいで読み続ける意欲を完全に奪われるはずだ。
「本屋には」と彼は言うだろう（話しているのは読者である）。「本があふれていて、はばかることなく本を自称しているのに、読んでくれる人は一人もいないんですよ。はなからその名を拒む本で時間を無駄にはできません」

こうした理屈には確かに反論の余地がない。それゆえ著者は反論しようとしないだろう。それどころか、完全に道を間違って行き詰まっていると認めるだろう。だが、著者がこの章を方向転換させようにも、もはや紙幅がない。そこで、ここはそのままにして、別の章で新たな基礎に立って再出発することだろう。いかなる誤解もなきよう、彼、つまり著者は（少なくとも力及ぶ限り）控え目になって、語り手に言いたいことを言わせておくだろう。読者にとってもその方がいいはずである。

最初のページ

長大な書物を何冊も物し数分で示せる着想を五百ページにわたって展開するのは、労多く報われない狂気の沙汰である。よりましな方法は、それらの書物がすでに存在すると見せかけて、その要約や注釈を提示することだ。

——ボルヘス

不可能を試みる精神がたどる道とその仕事は、尽きせぬ考察の主題である。人びとは、彼の芸術という目に見える結実に感嘆するが、何ひとつ目に見えるものに到達せず、その働きがうかがい知れぬ純粋な不在のなかにあったような作業について、思いを馳せることをやめないのである。そのような不在において、詩人はまさに絶対を捉えたのであり、この絶対を、偶然から引き出した奇跡的な組み合わせによって、いくつかの語で表現したいと願ったのである。

——ブランショ

一

始めは超短文。たった六字程。簡単な言葉、思いつくまま、と言っていい。なによりもまず沈黙がここで終わることが示される。だがその直後から、改行すらないまま推量の助動詞を伴う長い文が始まるであろう、すなわち、昔風の総合文においては、動詞の選択、論理の骨格、分節の数、その長さと持続など、すべてが入念に練られているだろうから、読者は関心をかき立てられ、興味を抱き続けるのであり、次々に連なる節には、ひとつの軸に沿って、きわめて作為的な変化がつけられているのだが、読者はそれらの節の全体を（初めて訪れる公園の小道で子どもが手を引かれるように、家を初めて訪れる客が一部屋ずつ案内されるように）少しずつたどった挙げ句、錯綜する挿入や括弧を乗り越えて、逢着することになる最後の困難は（こうした軌跡の結末としては意外きわまることに）、何の結論ももたらさない結句なのである。

続く箇所でも当然このくらいの高水準が保たれるであろう。一文一文が心を打つだろう。その的確さで。その力強さで。そして、それらがよどみなく連なることで、全体としての見事な論理の流れが生まれるのだ。

とはいえ、視線がまず滑りゆき次いで留まることになるのはページの外観なのだ。というのも、文字の周囲の空白のため、テクストの外観は奇妙に感じられるだろうから。文字列は単調におちいらぬよう配慮しながら巧みに並べられ、半透明の構築物を形成しており、その中では空白がすべてを満たしているように感じられる。単語という不透明な塊はそこにわきからこっそり紛れ込むのだが、まるで周りを包囲する白色に飲み込まれるのは織り込み済みであるかのようだ。そして、人は視線を記号のただ中にさまよわせるうちに、これらの記号が単語を構成していることや、それらの単語にはおそらく意味があるということを忘れてしまう。

とにかく、ここに始まるのはひとつの作品なのだ、(酒のように) 強烈で、(鋼のように) 堅固で、複雑でもあり豊かな作品 (想像しうるすべての複雑で豊かなもののように)。記述文の見事な一例として、これらのページにおいては、堅固な構文、正確な言葉づかい、力強い表現など、昔日の巨匠たちが推奨する主な美点のいくつかが集結している観がある。だが、冒頭に位置するあのまとまりをとりわけ価値あるものとするのは、意味やイメージと音との正確な関係がそこで露わになり、言葉が作り出す動きとそれらが心に引き起こす反応がほぼ完全に一致していることが明らかにされる点にあるのだろう。少なくとも一ページのあいだ、修辞は意味への従属を免れていたはずだ。

なにかの宣言文書のように派手で立派なその一ページが終わったときはじめて、どこからともなく、おそらくは流謫の、孤独の場所からだろう、印象的な声が響いてくるだろう。だが、その声が述べたであろうことを正確に再現できる聞き手はおるまい。ずっと後になってから、あれが始まりだったのだと、言葉や沈黙だったのだと気づくのだろう。

それゆえ（おや、ここでもう、それゆえ、と言うより、もっと後のほう、然るべき三段論法の結論あたりのほうが効果的なのだが）、それゆえ冒頭の語群に関する私の見方は以上のとおりだ（とはいえ、実際には冒頭じゃない。その前にも別の語群があったはずだから。題名とか、場合によっては序文とか、銘句とか、献辞とか、他にもいろいろ）。これらの語群が育って（いつの日か完成できればの話であって、それが容易でないのは分かっているが）私の最初の作品になるはずなのである。

あなたはきっとこう言うはずだ。「作品といってもいろいろあるから、これがどんな種類の作品かはまだ分かりませんね」もう少しの辛抱だ！　何もかもいっぺんに言うはずはないじゃないか。あなたがもっぱら気にしているのは、読み終えた作品の（もう十分に長いはずの）リストにもう一点付け加えることなのだろう？　読み終えた作品は本棚にきちんと種類別に並べられているのだが、それは誘惑された女たちが国別に分類されているドン・ファンの目録と同じことなのだ。

多少とも馬鹿げた物語に今すぐ引きずり込まれ、多少とも型どおりの登場人物たちと、多少ともそれらしい葛藤に巻き込まれることを、あなたは本気でお望みなのだろうか。そうなるべきものであれば、すぐさまそうなるだろうに。それより、未来を見通していたマラルメが、ジッドの『パリュード』に送った心憎い讃辞を思い浮かべてもらいたい。ジッドは「引き伸ばしと脇道に一個の形式を見つけたのであるが、この形式はいずれ現れねばならなかったし、今後は誰も繰返せない」〔一八九五年七月二十日付アンドレ・ジッド宛書簡〕と讃えられているのだ……だから現在の状況がもたらす——めったにない——休息の時を味わいたまえ。あなたはすでに、誰とも知れぬ人間の処女作を何ページも読んだのに、まだ(せめてそう願いたいのだが)元気そのものだ。テーマは——あるとすればだが——すっかり色褪せたわけではない。まだほとんど触れていないのだから。これまでのところ、ページをめくるたびにきまってあなたの手は震えていた。要するに、あなたの期待感は最初の一行を読んだときと変わっていないのだ。

二

さて、あなたにたとえばこう告げるとしよう。これは作家が主人公の小説なのだが、とてつもなく多作なその作家はある呪いをかけられていて、いずれかの本を書き終えた時に（もちろんどの本かは分からないものの）自分の命が終わることを知っているのだ。それで、自分の文学上の計画を何一つやり遂げまいと決めたのである。とてつもなく野心的な企てにばかり取り組んでいるのは、疲労と意気阻喪のせいでやり遂げられないことを期待してなのだ。計画を放棄するたびに生き延びる可能性が残るのだから、計画を増やしたがるわけである。だが、もっとも彼の関心を引く計画は、自分の来歴を日々克明に語るというものである。なぜなら、自分の来歴なら、少なくとも生きているうちに終わらないことが分かっているからだ。

だが、また別の状況における別の主人公の話でもありうるだろう。その物語はひとりの男がまっとうな人生に復帰するまでを描くのだ。若い時分、男は罪を犯したわけでも訴追されたわけでもないのに、自らに重い罰（二十年の隠遁と連絡断ち）を課していた。満期まで誠実に刑を務めあげると、男はこの秘められた有罪判決を再検討する気になり、判然としなかった判決理由を思い出そうとする。

寓話はお好みではないかもしれない。とりわけ、あまりにも見えすいた寓話だと感じてしまう時には。じゃあ、何も言わなかったことにして、話題を変えよう。まったく違うタイプの、もっと現実的なシナリオはどうだろうか。たとえばこんなのは。

・由緒ある高貴な（古代的な意味での）一族を想像してみよう。威厳ある先祖たちによって受け継がれ、数々の栄光のときを経てきた歴史も、いまや終わりに近づきつつある。一族は失われた過去をひたすら懐かしみ、巻き返しの希望と復興の夢を末裔に託しているのだ。だが、こんな使命を引き継いだ者は、担いうる以上の希望に押しつぶされ、背負わされたはいいが果たせそうもない責任に恐れをなし、まったく何もしようとしない。

・あるいはこんなのは。書物を崇拝する環境で育った男の物語。この男はもう何年ものあいだ危機的状況を経験しているのだが、そうした危機は定期的に襲ってきては、重要だと思っていたものに根拠がないことを容赦なく暴き立てるのだ。まず諸々の価値や教養を問い直すようになり、昂じては、書きたいという癒やしがたい欲求からの逃避をもたらすのだが、最後には落ち着いて、あらゆる物事があるべき場所に戻るのである。だが、もはや本当の意味で同じ場所ではないため、男はすべてをやり直さなければならない。それは告白の形式をとることになるだろう。どこかの時点で自分の失敗の、つまずきの原因となったかもしれないものを、時間をかけて探し求めるわけだ。

あなたの反応が目に浮かぶ。男性読者の皆さんは不満そうだ。女性読者の皆さんも楽しそうじゃない。どの物語もお気に召さないわけだ。紋切り型、陳腐な発想、使い古された新しさの、残念な組み合わせに過ぎないじゃないか、と。すでに本が多すぎるのに、想像上の本を一揃い付け加えたところで何になるのか、とそうおっしゃるわけだ。この点で私があなたに反論するとは思わないでもらいたい。自己主張は私の柄ではないし、話し相手の意見のほうがつねに自分のよりも優れているというものだ。

とはいえ、これらの主題にそれぞれどんな扱い方があり得たかは分かっている。選び抜かれた語彙の豊富、横溢、豊穣、過剰のなかに喜々としてあなたを放りこみ、過激も極端も放埒も冗長も恐れなかっただろう。半諧音にとりわけ気を配りながら次々に（大盛りの、山盛りの、てんこ盛りの）言葉をぶちまけることもできた。そのためにあまたの専門用語辞書を次から次へと精査したことだろう。博物学辞典に（そう、動物学用語、植物学用語、鳥類学用語、魚類学用語……）、医学辞典、建築辞典、音楽辞典、料理辞典、航海辞典など。とりわけ、狩猟、紋章学、鷹狩に関する絶妙な用語が出現するよう気を配っただろう。もちろん、いまなお詩的な気品を帯びた帆船に関する用語も。だが、こうした気取りは他のことを隠すためになされているのだと、あなたはすぐに気づいたはずだ。率直に述べることを心の底で恐れる気持ちを、結局のところ、そうするのがより誠実（で、ずっと簡潔）であるように思われたのだ。まあ、もう済んだことだが……

三

言うまでもなく、遅ればせながら私が加わろうとしているのは、本を自分の本の主題にする人たち、書くことを自分の著作のテーマとする人たちの集団なのである。そこに加わって私に何ができるだろう？　生まれた時代は私のせいではない。そうだ、このテーマは少なくとも一世代にわたって、多様かつ多数の物書きにとってごく当たり前の決まり文句であった。そうだ、私自身この種の著作とそれらの解説書に何度も挫折し、金輪際こうした連中とは関わらないと誓ったのだった。もっとも今や他に書きたいことなどない。だがその前には、自らにさまざまな制約を課しつつ何度も試みたのだ。

私が夢見てきた本では、あらゆることがもっとも単純かつ自明な意味に解釈されるべきであった。野生状態の文学、いまだその無邪気と生来の無垢を帯びた文学へのノスタルジーだ。そうした文学は、子供の頃のふとした瞬間（いつだって晴れていた土曜日の午前、シナゴーグへと続く慣れ親しんだ道で、あるいは、盛大な祭りの晩、父の右側に立って祈りの歌を歌っていた時）に感じられた、世界との調和という感覚をすっかり私に再現してくれるのだ。構造がシンプルで、挿話の中の挿話などに頼ろうとしない本。あらゆる鏡が追放されていて、物のイメージが映し出される鏡面はわずかたりとも見出せない本。要するに、入れ子構造だの鏡像だの、安易な手段は一切用いない本。

私はそんな本を実現するため舞台を自然の中に限定し、次のような具体例から材料を採るだけにした。

・夏の夕べ、山間の湖に影が落ち、少年と少女を乗せたボートが岸から遠ざかってゆく。

・白夜のような夜、新雪に月が映っており、背後には古い木橋の上でランタンの赤い光が浮かんでいる。

・紫檀の重厚なテーブルの上に、クリスタル製の花瓶が置かれており、ヒナゲシの束の脇に花の咲いたシナノキの枝が挿されている。

だが、いくつかの文を書き連ねると、馴染みの展開に避けがたく絡め取られる。あらゆる風景が心理状態に変容し、あらゆる景観が象徴と化すのだ。

至る所でそうした風景が謎めいた展開を見せ、あらゆる種類の神話と密接に結びつく。私が愛着を覚えている物体や場所は消え去りそうだ。そして、私はたちまち書物の世界がすぐ近くに広がっていることに気づく。想像上の世界が具体的現実に取って代わるのだ。

そんなわけで、私はたいした苦労もなく、ときに強烈な歓びすら感じつつ、最初のページだけを大量に書いたのだった。いつの日か興味をもつ人がいたら、これでアンソロジーを編めばそれなりに面白いものになるだろう。ときには、はるかに疲弊しつつも、「第一章」を少数ながら最後まで書き上げることも出来た。だが、まとめるほどの価値があるのだろうか。似通っていることがすぐに見抜かれるだろうから。さまざまな仮装の下にいつでも同一の優柔不断な主人公が見出されるだろう。書斎のハムレットが、煮え切らない仕種で、同一の寛大な読者を相手にしている。そして読者を引き連れて偏愛の場所を訪ねるのだ（これまで芝居が制作されたことも上演されたこともない、劇場の埃だらけの舞台裏。一度も運行されたことのない路線の、郊外の駅にある冷えきった待合室。廃止されたばかりの造船所に残された、一度も海に出たことのないトロール船のほぼ完全な骨格。動物の血が一度も流れたことのない、模範的畜殺場の新古典主義列柱）。そうしながら、何気ない文章のふとした箇所で、言語や幼年期、書物や沈黙に関する打ち明け話をぶちまける。そして、読者を相手に、わざとらしい文体上の工夫を試してみる。辛辣なユーモアのスパイスがお涙頂戴的衒学趣味の激発と奇妙に調和している文体だ。

とにかく、私は一度も最初の本を書き上げることができなかった。本の各章はもはや、単なる、出だし、発端、見通し、ごまかしではなくなり、有機的全体の諸要素をなすべきなのだが、そんなふうに各章を配置しなければと考えるだけで、先を続ける意欲が削がれるかのようである。

だが、おそらく今や、読者はこうしたさまざまな可能性に揺さぶられ、この著作の入り口で足踏みさせる駆け引きにうんざりして、もっと知りたいという気持ちをすっかり失ってしまったことだろう。それなら仕方ない、残念ではあるが。かくもわずかなページの中で、言いたかったことをほとんどまだ何も言っていないのに、読者に読む気をなくさせてしまったのは、結局のところ私が自分で思っていたような人間ではないからだろう。というのも、実際、脈絡もない断片をいくつか書いただけなのに、私は自分を物書きだと思い続けてきたのだ。実に奇妙な状況である。ようやく本当の意味での第一章になりうる素材が見つかったのであり、そこから生まれた第一章はここまでずうずうしくも押しつけられてきた数章よりも、ずっと満足できるものになるとは思わないだろうか。

整理統合

心せよ。書物はいくら記してもきりがない。学びすぎれば体が疲れる。

——「伝導の書」

完成した小説を求める読者は私の読者にふさわしくない。私の本を読み終える前にその人自身がすでに完成しているからである。

——ミゲル・デ・ウナムーノ

すべての完成作は直観のデスマスクである。

——ヴァルター・ベンヤミン

作品は死んでいく。断片は生きたことがないのだから、これ以上死ぬことはできない。

——シオラン

間抜けというのは、自分のことを馬鹿にする者はいない、と言う連中のことだ。

——ミゲル・デ・ウナムーノ

シャトームーラン、アンデ、モルモワロン、エガリエール、ヴェール、ポール＝クロ、ダンピエール。これはリストの始まりであって、まだいくつかの名を付け加えることもできよう。だがそんなことをしてどうなる？　リストは完全でなければならないわけでもない。これらの名は、もう二十年ほど前から夏の一時期を過ごしてきた場所の名なのだ。別荘には、大きいのも小さいのもあったし簡素なのも快適なのもあったが、今日思い出すといずれも似通っているような気がする。

学年末を迎えるとすぐに、秘かなしきたりのようなものが始まる。本、ファイル、ノートをまとめてパリを発ち、持てる時間のすべてを執筆に捧げようと固く決心する。エガリエールやシャトームーランでの、うだるような長い一日。ダンピエールに近い、フシュロルの別荘、小さな青い居間での、より快適な午後。孤独に苛まれることはなかった。

二、三あるいは四週間にわたって毎日、同じ景色に面して座る。アルピーユ山脈の乾いた山腹、シュヴルーズの谷のいまだ靄に覆われた森、ヴァントゥ山の不毛の斜面、あるいは緑園の唯一の樹木。枯れた幹は四方に広がる蔦にびっしり覆われほとんど見えなくなっている。私は自然をしっかり見ようなどとはついぞ考えたこともなかったが、徐々に丹念な観察ができるようになる。岩肌の灰色と黄土色の違い、さまざまな緑色のニュアンスの違いを見分けられるようになる。一日の中で時刻に応じて移動する影と光の塊を追いかけ、予測することもできる。こちらでは日光を浴びて、人気(ひとけ)のない川岸に挟まれ、水の長い帯が浮きあがる。あちらにはポプラ並木、さらに遠くには何軒かの古い家屋があり、家々のあいだには庭と、スイカズラ、ジャスミン、クレマチスの生け垣が見える。他の気晴らしには一切手をつけなかった。飾り気のないこの部屋に、煙草、アルコール、新聞、音楽が入り込む余地はない。天井に刳形はない。壁にクロスはなく、亀裂もなく、視線がそこをさまようこともない。だが、目の前の景色が絶えず移ろうのに対して、手もとの白紙にはほぼ変化がない。

一

それでも、初日からまず私がやったのは、以前書いた文章を並べることだった。夏の始めに決まって読み返すものだから、そうしたページは私にとって暑さや桃の味、メロンの香りと切り離せないものとなっている。色も年代も大きさもさまざまに異なる紙葉。なかでも大きい方の数枚はずいぶん昔からあるものだ。傷だらけの古い伴侶として、私はとりわけそれらの紙葉に愛着を抱いてきたものだ。削除の跡、訂正、注釈が見てとれ、ときには日付も書き込まれている。他の紙はさほど懐かしさを感じさせず修正も少ないためずっと地味に見える。普通の紙の四分の一ほどの小さな四角形の紙で、乱暴な筆跡は判読しがたく、灰色の細縞模様が入った厚紙の袋に詰め込まれ、緩んだ輪ゴムで巻かれている。

私は紙葉をすべて小山に分けて机の上に並べた。だが、すべてが収まるほど大きい机はなかったので、ブリッジテーブルを横付けしなければならなかった。それから、満足感を覚えつつ、というのも、何カ月も前からこの瞬間を待っていたからで、私は順序を乱さないよう気遣いつつ、紙葉を体系的に調べ始めた。

というわけで私は昔の文章を全部読み直した。まるで大きくなれずに砕けた小波のようだった。混乱しているように見えても、謎の鍵が含まれているはずだと確信して、じっくり検討したのだった。

だが、何も出てこなかった。ひらめきは一切なし。それどころか、何かに侵蝕されたかのごとく、これらの文章からはかつて盛り込んだはずのものがわずかしか見出されなかった。どんなプリズムを通過したら、こんなにつまらないものになってしまうのだろうか。各々の語の重み、その厚み、味わいはいったいどこへ行ってしまったのか。

私はかつてこうした思い出、着想、景色が保存に値すると思ったのだが、書き留めてみると、実際にはその魅力となっていた細部のいくつかを取りこぼしてしまっていた。私がそのように単純化し本質へと切り詰めたのは、そうすることで加工のしやすい、意のままになる素材が手に入り、必要に応じていつでも元の厚みを再現できると思いこんでいたからだ。だが、いざやってみようとすると、まったくそうはいかないことが分かった。これらの文章に対して私は何もできないのである。

それは長い過程を経て凝固した結果に他ならないからだ。その中に含まれるさまざまな要素は多くの行にまたがっており、それらの行が絡まり合って私の来歴を作り出している。そして、あれこれの食い違いや矛盾の背後から、私の中で歳を重ねてきたさまざまな人物のシルエットが浮かび上がるのだ。

いつものように、私が最初に取り組んだのはこれらの断片を新たに分類し直すことだった。全体を一貫したものにしたいという願望は持ち続けていたからである。だが、分類に使われた基準はすぐに恣意的なもの、あるいはまったくもって馬鹿げたものと感じられるようになった。時間順に並べてはどうかって？　それではどんな関係があるのかはっきりしないテーマが混ざり合ってしまう。ではテーマ別ならどうか。それぞれの断片は何らかのジャンルに属しているものだが、そうしたジャンルによって課されるる制約が考慮されなくなる。アルファベット順はというと、あまりにも滑稽な組み合わせが生じてしまう。

そんなわけで私がこしらえるのは、不安定な寄せ集めばかりで、すぐにばらばらになってしまうのだ。それで、色とりどりの毛糸の玉を分類できずにいる失語症患者のように、私は絶えずやり直すのである。カードをひとつの山から別の山に移し、山をいくつも崩しては別の山を作るのだが、前の山より良くなるわけでもない。終わりなきジグソーパズル、ひとり占いみたいなものなのだが、そのルールはきちんと言えそうにない。なにしろ、この世界は不連続、支離滅裂、未完成、不完全に覆い尽くされているのに、その中でどう動かすべきなのか。意味のないところでだけ意味が生まれるなどと言い訳しながら、ひたすら無意味を追い求めるべきなのか。費やす努力に比べて得られる結果があまりに乏しいことに、目を閉ざすわけにはいかない。

それで私は、書いたものを整理する作業を後回しにして、時間稼ぎのためにも、本来の意味での執筆に取りかかることにした。そうすると自分の言語がいかに乏しいかを知るはめになる。言葉は小出しにしか思い浮かばないうえ、その言葉をはっきり発音するにも苦労する。言葉がくっついてしまうこともある。いまにも言葉が出てきそうでむずむずする。おのずと現れ出る気配である。だが、言葉は書き留められる前に消え去ってしまうか、かたくなに生まれ出るのを拒んで、魚の骨みたいに喉に引っかかって出てこないのだ。

突然、私の手がすっかりほぐれる。紙を一枚とって書き始める。あまりの白さに目が眩まないように、なるべく小さな紙葉を選ぶ。ペン先がわずかでも紙から離れてはならないことは分かっている。ペンは紙に貼りつかなければならないのだ。わずかでも離れれば取り返しがつかないことになりうる。くれぐれも何かを取り逃してはならない……

ほんの数行、場合によってはほんの数語書くだけで、書きたいという欲求は満たされ、続けて書こうという気はなくなるのだ。ペンと紙葉が触れあうと、魔法の杖を逆さに振ったみたいに、夢想は消え去り頭が空っぽに戻るのである。

たっぷり十五分ほどかけて、走り書きした文（章）を読み直したり、音節ごとに丁寧に区切って（特に十二音節の調子が崩れないように）リズムを確かめたりすると、これ以上努力したところで結局むだになると確信できる。この数行はすでに完結しているので、これ自体が良い文章であろうとなかろうと、続きを継ぎ足すわけにはいくまい。こうして私はしばし借金を返済したように感じるのだ。

けれども、すぐにこう確信することになる。文章表現の道におけるこの新たな一歩は小さなものかもしれないが、この一歩とともに、私は新たな義務、新たな責務を抱え込んだのであって、いつの日かずっと手堅い達成を成し遂げねばならないのだと。そう確信するだけで、気後れや麻痺の機制がいっそう激しく始動してしまうのだ。

こうして夏が深まるにつれ、私の要求水準は下がっていく。夢みていた書物は諦める。今秋、いかなる文学賞選考委員会も、『古き胸壁』や『見せかけ窓』に栄冠を授ける喜びは得られまい。自社の名高い叢書に『回り道』が入らなかったり、『火中の栗』を十万部以上拾えなかったりして後悔する出版社はないだろう。『暗号文』の秘密を見抜いたり、『最後の手段』で読者の賞讃を集めたりしていい気になれる評論家も存在しないだろう。書店が年末休暇のためにショーウィンドーの陳列をする際、

『白紙委任状』を手にすることはあるまい。読者が『天の賜』を求めて押し寄せることもなかろう。だからといって、私は「そいつはまだ熟してないのさ」に逃れるつもりはない。もはやそんなものではごまかされない。

私はそんなわけで会心の出来であれば、数ページ、いやほんの一ページでも満足してしまうのだ。特に、またもや時間を無駄にしている、意味もなく無駄にしつつあるという頭から離れない考えを、ほんのわずかの間でも払いのけてくれるならば。いい気なものだ。

そもそも、これらの場所で事前に計画していた作品を書き上げたためしはないのだから。

二

急な用事、私の文学的関心とは何の関係もない用事をどうしても片づけなければならなくなると、それだけですべてが変わるように感じられる。そうなるのはたいてい夜中ごろ、論文を一篇書き終えようとしている時である。段落の途中を書きつつ、精神が対象に浸りきりもはや一体となっているような気がして、詳しい注がほぼひとりでに筆からほとばしり、もうすぐ文章が仕上がることを喜んでいると（というのも、すでに原稿が数週間遅れていて、締切を守ってくれ、と冷たく言い渡されていたからだが）、突然、何かが急変するのである。断絶、そして空虚。だが、それは一瞬しか続かず、すぐに私は空虚を意識する。そしてすぐさま溢れだすのだ。姿を現す文章は曖昧模糊としたものではなく、簡潔明瞭で見栄えも悪くない。一番驚かされるのは、溢れだした文章を書き留めようとしても消え去らず砕け散りもしないことだ。文章を書き留めるとすぐに読み返すことができる。私が書いてきたものの大半はこんなふうに書かれたのだ。

こうしたひらめきが訪れるペースに任せていては、一冊分の題材を集めるだけでも長い時間がかかってしまうだろう。というのも、霊感を受けた私の分身は文章を作る幽霊のようなもので、からかうように私の作業を妨げては自分の着想を書き取らせるのだが、都合のいい（わずかな）時間にしか現れず、（せいぜい）三ページ弱を書き取らせては消え去ってしまうからだ。奴が溜めこんでいるものを一挙に吐き出させるにはどうしたらいいのだろうか。自分自身を見張り、分裂の瞬間をうかがわなければならないのか。

私は壮大な計画を上手に抱く人間だと自負していたので、荒っぽくひと息に書かれた断片群には警戒感をもっている。霊感がもたらす濃密な時間のさなかには、私の着想に多少優雅さが欠けていたり言い回しが古臭かったりしてもどうしようもないだけに、そうした断片群にはなおさら困惑させられるのだ。

しかしながらついに私は理解した。真夜中に書かれたこれらのページは単なる安全弁なのだ。管が詰まりそうになると——というのも、いくつもの経路を同時にたどることで思考は疲弊してしまうからだが——、そうなると、その過剰さそのものが言葉を生み出し、おかげでいっときは詰まりが解消するだろう。だが、数週間もすると、これらのページは枯葉のようになり、樹液は跡形もなく消え去ってしまうだろう。からからの味気ない紙葉だけが残ることだろう。

したがって、この断片群は最初から残骸となるべく定められているのだ。複雑な総体の一部をなすとみなされているものの、その中にしかるべき位置が与えられることはないだろうし、そもそもその総体なるものが存在することは決してないだろう。紙の上においてさえも。

三

それでもときには目標まであと一歩と感じることがある。何度も中断しやり直した作品が突然形をなしてくるのだ。すると、失敗間違いなしと思って感じるいつもの苦い喜びが薄れていく。もはや下書きの迷路で迷うことはない。単語をいくつか差し替えるだけで、一枚のカードが別のカードへと繋がるのだ。矛盾していると思われた方針が矛盾ではなくなるのである。

そんなわけで、夜間に何度も幸福感の高ぶりを覚え（それは夜明けまで続くこともあって、ちょうどスペラセードでの七月の夜、屋根裏の穀物倉から出られなくなったコウモリが音をたてずに旋回し、五時間にわたって途切れることなく執拗にリズムを刻んでいたようなものだ）、昼間には冷静に推敲を繰り返したので、継ぎ接ぎを幾重にも重ねることで、書きかけの草案よりもいくぶんましなもの、文章になりつつある何かをこしらえあげるのだ。だが、正確には何なのだろうか。私はたくさんの計画を抱えており、どの計画にもはっきりした必然性があるのだが……

私は短編小説を作るのを早々に諦めた。私が書いた文の切れ端はおあつらえ向きだったはずなのだが。イメージ、匂い、感覚に富んでいて、長い物語に挿入されるべきエピソードというより、永遠から切り取られたはかない断片というべきものである。だが、倦怠からこうした霊感の瞬間をもぎ取ろうとすることは、私の本当の関心事ではない。その反対に、遠景を出現させ、そこに記憶のはかない残滓が浮かび上がるようにしたいのだ。

また別の時、どうしても何も浮かばない時には、古い素材をきっぱり無視すると解決策が見えてくる。そう、がらくたはすべて捨て去りゼロからやり直すのだ。あるとき私は、他を探したいとの欲求に捉えられ、すべてを燃やしそうになった。当時は「回帰」の時代で、何人かの創始者たちの肖像が急速に輝きを増していたので、最も尊敬すべき文学ジャンル、つまり格言詩の健全な喜びに私も戻りたかった。そうしたら、異国の賢者風の厳めしい文彩〔＝姿〕を大量に（一ページに少なくとも半ダースの割合で）生み出したことだろう。ケルトの吟唱詩人、カバラ学者、イスラム文化以前の詩人、砂漠の師父、アイルランドの修道士、仏教や神道の顧みられぬ師のような文を。そうした文彩の役割はただ、それらが浮かんでから消えるまでのわずかな間に、晦渋だったり挑発的だったりする金言を、いっさいの説明なしですぐさま読者に届けることにあったであろう。そして私のほうも、こうして読者との間の障壁を打ち壊すことに当然の満足を感じつつ、自分が居るべき場所を定めたことだろうが、その場所はヨブの樽ともディオゲネスの寝藁ともつかぬ所であっただろう。

第一休憩時間

読者の辛抱強さに感謝を捧げるにやぶさかでないが、その読者もここらで著者に呼びかけて説明を求めたっていいだろう。

読者は著者にこう言う。「最初に書き始めた時には、小手調べに面白おかしいことをやってみて、私たちを楽しませようと思っていたのでしょう。ところが、私たちは今少しずつ、全然違う道に引きずり込まれています。あなたは永遠の初心者みたいに振る舞って、お仲間みんなにのしかかる疑念を強めているんですよ。だって、三十ページも書かないうちに打ち明け話を始めてしまったんですから。これからは、ずうずうしくも、好きなだけ打ち明け話をしようというわけですね！」

これに対して、著者はもちろん誤解だと反論するだろう。

「でも、あなたが思っているほど誤解でもないんですよ。なるほど、これまでのところ、極秘ノートのご開帳に及んでいるわけではないし、硬い鎧が破れて悪夢がぶちまけられたわけでもありません。自分の頭蓋骨の形やらよくやる仕草やら失恋話やらを聞かせるつもりじゃないこともよく分かっています。でも、そのほかは……」

「ちょっと、ちょっと、読者の方、得意になるのは早いよ。なるほど、著者の計画はまだあやふやで、かろうじて土台部分はひび割れた古代円柱より堅牢だと言える程度だ。でも、とにかく、著者が提起した問題は簡単じゃないんだ。前もって自己省察をしなけりゃ答えはありえない、著者はそう思ったんだよ」

「それですよ！　それがうぬぼれだと言っているんです！」

「ああ、でもいろんな道筋が見つかった以上、著者としては次々に試さないわけにはいかないんだろう」

「それはどういうことです？　著者はどこまで行くつもりなんですか？」

「行ける限り遠くまで。でも、新たな自分が見出されるたびに、著者は過去の新たな断片を挿入しなけりゃならないんだよ」

「だけどそれでは、私たちはこれからもずっと堂々巡りになりますよ？」

「ああ、おそらく。でも著者が堂々巡りをしているように見える時にも、実際には螺旋を描いているものだよ。だって、それがあの著者の特徴なんだから。決して満足感を得られず立ち止まることができない。決定的にひとつの姿勢を取り続けることができないんだ。もちろん、探求のさまざまな結果をどう捉えるかは、読者であるあなたの自由だよ。不確実な復元、後付けの合理化にすぎず、事態の根源的混乱とは関係ないと思ったって構わない」

正しい使い方

知るがよい、これまでに愚者がおびただしい書物を書き、齢だけ重ねて知恵の足りない多くの者たちがそれらの書物を学んで時間を浪費してきたのだ。——マイモニデス

作家たるもの、何事についても含蓄を込めて愉快に語れなくてはならない。言葉や文章こそが作家を刺激し、書き話すよう促すものであるべきだ。

——ノヴァーリス

自分が書いた本を自宅の書架に並べる人がいるものだが、M……の場合は自宅の書架の本をすべて自分の本に詰め込むのだ。

——シャンフォール

近頃の本の大半は前日に読んだ本をもとに一日で書かれたかのように感じられる。

——シャンフォール

読者よ、私が書かなかった本はまったくの無価値だなどと思わないでいただきたい。それどころか（きっぱり言わせていただきたいのだが）私が書かなかった本は世界文学の中を漂っているようなものなのだ。それらの本の言葉、語群、場合によってはいくつもの文がまるごと図書館に収まっている。だが、あまりに多くの無駄な埋め草に囲まれ、過剰な印刷物に埋没しているため、正直なところ私自身、努力を尽くしても、いまなおそれらを抜き出してまとめることが出来ずにいるのだ。世界は実際のところ剽窃者だらけのようで、そのため私の仕事は長々と続く発掘作業となってしまう。私が将来書くはずの本から不可解にも盗まれたわずかな断片を残さず執拗に探し求めるのである。

—

おそらくあなたも今では私と同じく、本屋に入ると必ず胸が締めつけられ、帰る時にもある種の不安を、吐き気のようなものを感じずにはいられないだろう。本が多すぎるのだ！　とはいえ、数年の間、私の人生における重大時は本を読むことだったように思う。

確かに、私は抑えきれない読書欲を感じている。もしかしたら何かを書くために役立つかもしれないし、単にものを考えるためにすら読書は必要なのだ。確かに、私は読書の影響を受け続けていると言ってよい。一冊の本にその芯をなす運動を見出すや、私は喜んで本の中に入り込み、そこですぐさま我が物顔に生き始めるのだ。そして確かに、私が口にしうる（少なくとも私にとって）独創的なことの大半はまさに、矛盾するように見える多様な影響を受け容れるこの資質に由来しているのだろう。

　とはいえ、幸先のよい始まりではなかった。勉学で得られた私の乏しい学識を補ってくれるはずの、広大かつ漠然とした知識の探求を私は仰々しくも「研究」と呼んでいた。だが、実際のところはとりとめもなく読み散らしていたに過ぎない。急いで調べるべきことを思いついても、知りたいという意欲より知らないでいるのが怖いという思いが強かったため、不安におののきつつ、次から次へと新しいテーマに飛びつくばかりだったのだ。何でも読んだ。今日、片付けの折にでも、当時読んだ本のタイトルや日付が記された紙がひょっこり見つかったりすると、信じられなくて茫然と見入ってしまう。どれほど途方もない欲求を抱いたせいで、これほど多くの書物を読みあさったのだろう。そうした本については何も覚えていないどころか、かつて手に取ったことすら覚えていないのに。

　ある時、こうした競争がもたらす混乱を整理する方法が見つかったように思った。お気に入りの著者たちにすっかり同一化して、彼らがたどった道を一歩ずつたどる、つまり、彼らが読んだ本をそっくりそのまま読むだけでいいのだ（本は彼らの手紙、回想録、日記が教えてくれる）。そこで、読書リストを作ることにして、興奮しつつも入念に作業を行った。それから、出来上がった文献一覧を手に狩りに出た。当時のパリには古本屋がたくさんあった。セーヌ河岸はもちろん（そこで見つけて感激した本、ミシェル・レリス『成熟の年齢』の初版には、敬意に満ちた丁寧な文字ながら書き慣れない様子で、エドゥアール・カーンという名の人物への献辞が記されていた）、カルティエ・ラタンの古本屋、さらには、それまで知らなかったモンパルナスの薄暗い店の数々、あるいはクリニャンクールやビセートルの露店もあった。

外国の古典の古い翻訳によく足が止まった。戦前の粗末な造本はしばしば仮綴じがほどけており、すでに忘れられた叢書の出版元ははるか昔に消滅していたものだが、名高い人物による序文がついていたりする。だが、それらの本は中身を見る楽しみも味わわずに買わなければならなかった。劣化や破損を隠すために必ず半透明の紙でしっかり包まれていたからである。腕に抱えた本の山は増え続けて持ちきれないほどになる。くたくたになりながら、幸福な気分で家に帰ったものだ。新たな獲物を丁寧にカーペットに並べると、腹ばいになり表紙が丸見えのセロファン紙を淡々と破いてゆく。それぞれの本がようやく中身をさらして身を委ねてくる。本によってはもはやページを切る〔フランス装と呼ばれる仮綴じ本においてはペーパーナイフで未裁断のページを切る必要がある〕という障害（とはいえ心地よいものだが）すらなくなっている。あとは肝心なことを成し遂げるだけ、書物を読みふけるだけだ。それには数週間かかることもあった。だが、多くの場合、蓄えが尽きもしないうちに、もう私は狩りに出かけていた。

　文学作品と格闘していると、眠っている間にもイメージが咲き乱れることがあり、朝になってもなかなか追い払えなかった。それで、フレデリック・モローの恋愛に夢中になっていた頃には、夢の中で夜ごとに何日も続けて（その後そういうことはほとんどないが）フランス・B〔フランス・ギャルとブリジッド・バルドーの愛称BBを合成した名〕のような完璧な顔をしたアルヌー夫人と親しく接したものだ。彼女とは素晴らしい瞬間を二度経験した。最初の出会いを設定したのは、もくもく煙をあげるヴィル＝ド＝モントロー号の船上ではなく、（モンテーニュ高校のすぐ近くにある）リュクサンブール公園内の、目立たずひとけのない散歩道、フランス王妃の彫像が見えない目で見守る場所だった。そして、最後の面会の際に夫人が私に手渡すのは、髪の一房ではなく金の小さな鍵で、立ち去る前に口づけしながら言うことには、この鍵で私の姿は見えなくなるのだという。

昼の生活に加えてこうした秘密ができることをもちろん私は喜んでいた。私の活動のもう一つの側面、すなわち学術書の読書によって残される痕跡が、悲しいほど味気ないだけになおさらである。そうした痕跡から読みとれる象徴は、私の恋愛の機微に触れることは少なく、ずっと荒削りなものだった。一日の労働が終わると私の疲労や苦悩がほぼそのまま夢へと移し替えられていたのだ。そうした夢のひとつで（そのもっとも完全な形をここに示しておくが、いくつかの要素は他の夢に含まれていたものである）、私は嵐の真っ只中で何匹もの狼に取り囲まれていた。私は焼け焦げた木々に登って難を逃れようとしていたのだが、狼どもはその木々を次から次へとかじり尽くしていく。突然、狼どもは姿を消し、私は一面の瓦礫の真ん中にいて、小山の前で長い演説をぶっていた。みすぼらしい変装をした人物が（背中が曲がり弱々しい様子でローマ風の司法礼服を着て）、円柱の背後になかば身を隠し、照準器付きライフルで私を狙っていた。そして私が耳にしていたのは――意味の分からぬ遠くからのつぶやきのごとく――有刺鉄線の囲いの背後で群衆が上げるうめき声だった。

もちろん、こうした努力のすべてが無駄に終わったわけではない。半世紀前、私の年齢にふさわしかった教養を、ごく一部にせよ数年で身につけることが出来たのだ。まったく大した成果だ！　当初は偶然の発見がもたらす興奮に過ぎなかったものを艱難辛苦に見せかけるため、私は努めてノートを取るようにしていたのだが、それも数カ月も経つとまったくやらなくなっていた。

二

対応策を見つけるには時間がかかった。知識が増えるにつれ、当然のことながら、書物に対してますます洗練された問いを提起しうるように感じていた。事態は少しずつ心安らぐ楽しいゲームのようなものとなり、一手動かすごとにプレイヤーの形勢は良くなるばかりであった。それ以降は、どんな書物についても、実に見事に配列された行文の網の目から、良い獲物を釣り上げるやり方を覚えた。私の方法によく似ていたのは、ローマでウェルギリウスの本を用いて行われていた占いであった。ひとつのページ、章、巻を読み終える時には、私は自分の関心にぴったり合うと思われる要素をすっかり見つけ出していた（主語の「彼」を「私」に置き換えるだけで鮮やかな結果が得られることもあった）。こうして自己との類似を探求するところから、私の計画のいくつかがようやく形を取り始めたのである。

私はこうして書くことと私を隔てる溝を少しずつ埋めていった。それまでは、文芸に備わる（ときに君主の厳かさの域にまで達する）この上ない気品と、私の言いたいことがことごとく帯びるひどい軽薄さとの間に、相当の隔たりがあるように感じられたので、書くことが理に反する企てにしか見えなかったのも理の当然だった。この隔たりを越えることは、エリート集団に加わる資質が自分にあると軽率にも思い込むのと同じだったろう。その集団は、熱心さのあまりときに不安に陥る読者から、啓示めいたものを期待される人々である。今では逆に、書く喜びは読む喜びの別の側面なのだと感じ始めていた。対になった二つの営みの間で作業が微妙に入れ替わり始めてさえいたのだ。

いずれにせよ、こうして、書くことをめぐる新たな見方が（そして新たな作業方法も）確立されたのだった。いまや、ますます増え続ける語群を自分の夢想に付け加え、作品の構築に役立てるだけでよかった。つまり材料を汲み出すだけでよかったのだ。

私が主たる鉱脈を探し求めたのは、言うまでもなく、いわゆる個人的文学の方面だった。だが、大作家たちの日記、回想録、書簡を読んで得られる喜びは長続きしなかった。最初こそ、作品を残し得た人たちも例外なく疑念や不満を抱いていたことを感じ取ったり、まったくの絶望に陥ったりしたことを知って、彼らに親近感を抱き安心もした。だが次の段階では、そうした感情は消え失せてしまった。私はこう思った。「彼らがそれほど苦しんだとしても、お前に何の意味があるというのか」結局のところ、偉大なお手本たちと私の共通点は、二つしかなかった。すなわち、書く前の疑いと書いた後の迷いである。だが、この二極の中間がどうなっているのかは分からずにいた。

ついでなので、ある種の本から感じた欲求不満についても触れておこうか。そうした本に失望したというのではない。まったく逆だ。それなのに、それらの本を読みながら、またしてもチャンスを逸してしまったと思わずにはいられなかったのだ。たった今読み終えたこの本は私が書くはずのものだったのに。その本には、私のお気に入りのテーマのほとんど、私自身が概略を作り上げていた登場人物たちの何人か、さらには、〈自分の〉文体だと思っていたものの曲折までもが見出されたのだ。そんなわけで私は二つのものを同時に奪われたように感じていた。ひとつは実在するその本。私の本になったかもしれないのに他人が先に書いてしまったのだから。もうひとつは想像上の本。他人に先を越されなければ私が書いていたかもしれないが、実際とはわずかに異なる仮想の本である（とはいえ、その違いがどうしても物足りなく感じられたわけだが）。

アミエルは私を意気阻喪させる作家の一人だった。すべてを言い尽くしてしまっていたからだ。『アミエルの日記』の抜粋をいくつか組み合わせれば、隅々まで私のものでしかありえないような本が書けたことだろう（たとえばこの本がそうだ。アミエルもまた結局自分の本を一冊も書かなかったのだから）。だが私はそんな本を書かなかった。それどころか、『日記』を本棚の奥深くにしまい込み、手前に古代史研究の著作をどっさり並べておいた。最低限の用心から、あるいはむしろ、正当防衛の反応からだった。というのも、この忌々しい書物の一巻を開くだけで身の破滅を感じるからだ。蟻地獄に飲み込まれていくように。適当にページを開くだけで十行、二十行と読みふけってしまい、底なし沼に沈むのだ。もがき出ようとしても段々力が抜けてゆく。少しずつ、なかば半狂乱となりながら魅了され、諦め無気力になって、それが幾晩も続くのだ。同じような影響を私にもたらすのは『ボヴァリー夫人』だけである。そして、苦しみつつそこから抜け出した私は、新生児のように弱々しく無力で、おのれの苦心がまったくの無意味だとかつてなく確信しているのだ。

三

最良の場合にこうしたことすべてが何を生み出しうるのか、私にはよく分かっていた。一冊の書物だろうって？　絶対に違う。言うなれば、書きためた断片と借用した抜粋を苦心して編集したような代物だ。それら恥知らずなページにおいて、あからさまであるにせよ隠されているにせよ、引用は少しずつ打ち明け話をするために使われているのか、それとも、打ち明け話の方が博識を披露する枠組みとなっているのか、もはや見定めるすべはないであろう。

唯一の本

無知に基づく品の悪い謙虚さというものがあり、ときに優れた性格を損ない、凡庸さのうちに留めてしまう。そのことで私が思い出すのは、とある昼食の際、誰もが認める有徳の士が宮廷人に対して述べた言葉である。「ああ、皆さん、あなた方と比べて私がいかに優れているかを知るのに、どれほどの時間を費やしたことか！」

——シャンフォール

精神生活の大きな利点はここにある。誰よりも自分を愛することが許されるのだ。

——シモーヌ・ド・ボーヴォワール

一

私はずっとこう信じてきた。作家には生まれつくのであって、ふさわしい年数の間、貴重な胚を自分のうちで成熟させておくだけで、かつてしかるべき時に最初の歯が生えてきたように、ある時、最初の本が現れるものなのだ、と。すべては自然にそうなるはずで、特別な努力は必要ない。ときどき夢を見ている時に起こるように、アイデアや表現が突然増殖し始める時、つまり、数ページがひとりでに書けてしまうような気がして、言葉が言葉を呼び、動詞がひしめき合い、形容詞が重なり合うような時には、誰かの準備した祭りに見物人が魅入っているようなものなのだ。

こうした祝祭的な執筆はいつでも起こりうるもので、それとなく合図を送りさえすれば歯車が動きだすものだと思っていた。そう確信していたので、私は焦って自分の「作品」を書き始めようとはちっとも思わなかった。若書きの未熟で不器用な本について、才能の片鱗がうかがわれるとか、文体の練習として書かれたものだとか言ってのける者もいるが、私は性急にそうした本を書いてしまう危険を断乎として拒んだのだ。当時の私の願いは、できる限り早まることなく、全集に匹敵するものを一挙に出版することだった。それは全体としてよくまとまっており、複雑な－構成－をとりながらも、私の－世界観の－主要－要素を表現していることだろう（当時はこんなふうに表記していたものだ）。私はそこで同時代の大論争での自分の立場を存分に時間をかけて説明し、我々の社会の欠陥を暴き立て、激しく非難し、より連帯感に満ちた公正な社会の礎を示すことになっただろう（こうした主題は当時の若者にとって文章においても日常会話においても絶対に避けられないものだった）。そして、ほんの少しチャンスか才能に恵まれていれば、新しいタイプの主人公を提示し、新たな文学ジャンルを知らしめ、さらに究極の願いとしては、それまでに知られていたものすべてを革命的に統合するような（これぞキーワードだった）、新たな芸術形式を認めさせることができただろう。

そんなわけで私は、最初の本にまつわる苦悩やいくぶん粗野な喜びを、他の人たちに任せることにしていた。私は高みの見物をきめこみ、優秀な同世代の若者の何人かが捕らわれている不安を眺めて楽しんでいた。彼らは作家になると心に決めており、ありきたりの損得勘定によって、そのために必要なものをすぐさまこしらえようとしていた。長編小説、短編小説、哲学的あるいは政治的エッセイなどなど、彼らには何でもよかったのだ。時流にぴったり合った処女作を生み出そうと焦っていた。それまでの彼らの人生は（我々のも）大半が通過儀礼からなっていたわけだが、あたかもそうした道のりにおいて、また新たな一段階を通過することだけが重要であるかのように。その段階を越え、その試練を乗りこえることで入会が認められるサークルに対し、私は常々軽蔑を抱いていたのだが、そうした軽蔑は私の真の友人たちのあいだでも共有されていた。出世、好機の利用、時勢への便乗を拒むこと、要するにあらゆる形の手練手管を嫌悪すること、それこそが依然として我々にとっての重要事だったのだ。

いかなる成功もいかがわしかった。なにしろ誰も高みを目指せずにいたのだから。到達不可能な理想なくして、真の使命などありえないはずだ。

そんなわけで私は待つことにした。この点において、他の多くの点と同じく、私が従っていたのは自分の生来の性向だけでなく（私は普段さまざまなイベントを急いでやろうとすることも締め切りより前に仕事を済まそうとすることもまずない）、私が受けた教育の特徴とも言えるものであった。わが家では、記憶という務めを果たすには、すなわち、思い出すことで過去の生活を蘇らせるためには、何はさておき待機が必要とされていた。行動の放棄ではなく行為としての待機である。成り行きと呼吸を合わせるわけである。それゆえ天才についてビュフォンが述べた言葉を私は嬉しく思ったものだ。「天才とは我慢強い人間に他ならない」というのである。私はそれを自分自身の状況に合わせて解釈していた。書かないというのも一つの行動なのであり、場合によっては良い行動ですらあるのだと。

私はこのように消極的ではあったものの、焦っているのももっともだと思われた人たちに対しては（お察しの通り、ごくわずかしかいなかったが）、手助けをしなかったわけではない。そういう人たちは自分の長所に自信を持てず、ときに才能の欠如を疑うほど謙虚でありながら、じつに人間らしいことに、自らの実力をすぐにでも示したいと思っていたのだ。それでただちに大いなる冒険に乗りだしたわけだが、私としては力の及ぶ限り彼らの便宜を図るべきだと考え、その処女作がすぐ皆の目にとまるよう配慮し、彼らを成功に導こうとした。裏の助言者の役割だけでも私は喜びを感じたので、機会があれば今でも買って出ることがある。他人のために多くを望むことは、我がアミエルの言うように、「罪のない特技であり、そこでの競争を恐れるには及ばない」。実際、黒幕を演じることには私にとって二つの利点があった。文学界隈では人々がうごめき陰謀を巡らしているものだが、黒幕としてそうした陰謀に多少は通じていられたことが一点。それとともに、黒幕でいれば、この人々のあいだに深入りしないのは、自分の自由選択の結果なのだとすんなり確信することができた。こうして懸命に純潔を守っておけば、来たるべき婚礼はいっそう荘厳なものとなるはずだ。

しかしながら、次々に本を量産する連中を見ると不快感がつのるのだった。こうした振る舞いは自己を分散させることになるので私には我慢ならなかったし、自分が切身や肉塊として小売りされる姿は想像できなかった。私に言わせれば、何らかのシリーズの一部として書物を構想することは、まやかし同然だった。自分の著作が絶対ではなく不完全なものだと認めることではないのか。作家の名に値する者がそんなふうに、すべてを論じ尽くそうとはしなかったなどと白状しうるものだろうか。作家たるもの、推敲を重ねた作品だけを生み出すべきで、思考や人生の一段階の痕跡を残してはならないものだし、本を書く以上は、実際には絶筆とならずとも、そうなるかもしれないとの覚悟で筆を執るべきではないのか。かくして、唯一の本という観念が私の心から離れなくなっていた。実を言えば、この表現は読み書きの学習をしていた年頃から私にとって親しいものだった。というのも、私の一番のお気に入りだった教科書のひとつ、収録されていたお話が面白かった一冊が、まさに『フランス語はこれ一冊〔＝フランス語の唯一の本〕』と題されていたからだ（四〇年代末に小学校の授業を受けた人ならたぶん覚えているだろう）。「唯一の（ユニーク）」という形容語に私はためらうことなくもっとも強い意味を読み込んでいた。実際、この本は類のないもので、類書に抜きん出ているように感じられたのだ（論理的に矛盾しているが、別段気にならなかった）。

そんなわけで私はこの傲慢な表現を取り置いておいたのだが、それは、文学への私自身による（なされるかどうかまったく分からない）貢献に、いつの日にかこの表現が当てはまることを秘かに願ってのことだった。

後に読んだ作家たちのうちに、こうした夢想と響き合う考えを見出して私は嬉しくなった。とりわけピエール・ジャン・ジューヴの告白が私のお気に入りだった。「一冊の本しかない詩人を私はずっとうらやましく思っていた」というのだ。一冊の本しかないということは、鉱脈を掘り尽くし、先を見越した備蓄も節約も貯蔵もしないということだ。一冊の本しかないということは、ひとつの探求に乗りだしたが最後、休憩も休止もなく、中間評価のためであれ中断されはしないということだ。なぜなら、いずれにせよ、意味は最後になるまで分からないのだから。

今なお消えずにいるこの思い込みのせいで、私にはあらゆる企てが時期尚早だと感じられたのだった。どう頑張っても最終目標の荒削りな下書きにしかならないのに、本を書いたところで何になるというのか。

私にはよく分かっていた。こういう場合にはどうしてもできないことがあり、それは読者にも、もっとも好意的な読者にさえできないことなのだ。すなわち、以前の作品、若い頃の作品を参照することがかなわないのである。前作がないのに、どうやって断絶の契機を見出すことができようか。順調に築かれてきた経歴においても、しっかり構築された学問においても、神聖不可侵なる切断によってこそ、前と後が作り出されるというのに。不連続性をどこに位置づけて安心すればよいのか。その不連続性によって人びとが知ることになるのは、作者が準備段階を終えて経験をしっかり積んでおり、安心して読書にとりかかれるということなのに。これから読むものは間違いなく本物の作品なのであって、その漠たる萌芽だとか、いわんや余白などではない、と確信できるのだ。私はそんなわけで、こうした危険や欠如をきちんと意識していた。だが、そのせいでかえって、ますます意固地に執筆開始を拒むことになったのである。

二

信者の破滅とは教会との出会いのことである。　　——R・シャール

それに、白状すべきだが、私には時に別の口実もあった。他にやるべきことがあると思っていたのだ。それは生きることである。成熟する。胸を躍らせ心をときめかせる。楽しいことは何でもやる。さまざまな快楽や享楽を味わう。歓喜の、愉悦の、欣喜の、恍惚の時を重ねる。魅力的なことは何でもひととおりやってみる。それまでに覚え込んできた巨匠たちのさまざまな教訓は〈楽しむ〉というただ一語に収斂するものだったのだ。「今日という日の花を摘め！」〔ホラティウス〕、「命の薔薇を！　恋人よ、見に行こう！」〔ロンサール〕、「幸福の魔法めいた研究！」〔ランボー〕、「ディオニソス的陶酔！」〔ニーチェ〕、「おお、わが竜骨よ砕けよ！」〔ランボー〕、「生きよ、私を信じるならば」〔ロンサール〕、「もしもお前が思うならいついつまでもそれがつづくと思うなら！」〔クノー〕、「必要なのは幸福だけで他はいらない！」〔エリュアール〕（こんなふうに引用するのは、言うまでもな

く、もっぱら文学作品だけを参照することで、早々に文学の罠にはまらないよう自らを奮い立たせていたからだ）。ちょうどその頃よく思い出していたのであるが、私は地中海の人間なのだから、もちろん「海水浴客だらけの卑俗な夏」〔プルースト〕から距離が取れればとの条件付きではあるものの、今なお海と太陽、砂浜と塩を愛していることは、結局のところ恥じるに及ばないのだ。それに、経験を積むということは、言わば自信がつくことでもある。そうやって私は来たるべき作品の材料となる体験をしようとしていたのだ。そうした作品の担保となるのは子供っぽい幻想の単なる寄せ集めではなく、体験という現金からなる本物の宝であるはずだろう。小説の主人公を創造しないのかって？　もちろんやるつもりだ！　だが、その前に、自分が主人公たりうることを示してからだ……

　しかしながら、体験への熱狂が薄らぐ時もあった。そんなものは「小市民的ロマンティズム」だと言われたものだ。もっと高尚なものを目指さねばならない。世界を変革するとか、歴史的事件の当事者になるとか、イデオロギーに対して学問を守るとかいったことだ。すると、実践、大衆、理論的反人間中心主義といった言葉が頭の中でぐるぐる回り始め、いつ止まるとも知れないのだった。

当時は理論が絶大な影響力を及ぼしており、ある種の圧政が我々のもっとも私的な領域にまで入り込んでいた。理論による圧政という現象は繰り返しフランスに出現するものだが、これほど不思議なものはない。たいていはしっかり保護された環境に出現して、現実をいくつかの〈概念〉の副産物と見なし無視するようになるのだ。多くの親しい仲間たちと同じく、私は理論への激しい欲求に囚われていた。というのも、我々は実は理論の中枢のすぐ近くにいたからである。選ばれし数人がこの新たな教会で支配を企み、規則を作り教義を定めようとしていたのであるが、私はその中に入り込もうとはせず、一般信徒のままでいようと決心していた。私が熱心に信じていたのは間違いないが、そこにはまさしく次のような事情があったためである。つまり、熱烈な信仰によって、普通なら真の回心が人生に否応なくもたらされるべきところ、実際にはそれどころか、私の文学的無気力に決定的かつ意外な論拠が与えられたからなのだ。

確かに、書くことはそれまでの私にとって単なる欲望、計画、快楽以上のものであり、まさしく一つの固定観念であった。だが、私の頭はほぼその固定観念で占められていたにもかかわらず、何かを生み出さねばと感じることはなかった。そしてまた、私にとって文学のイメージは今や（新たな光に照らされていたせいで）苦行の極みにも無意味の極みにも見えており、そのため麻痺状態が二重の意味で悪化するのであった。

厳格な精密科学に従事するには体系的な訓練を手間暇かけて入念に行う必要があり、しかも本格的に取りかかるためには事前にじっくりと理論を作り上げておかねばならないものだが、私には時に書くことがそのような厳格な精密科学そのもののように感じられた。だが、時に同じくらい明白に感じられたのは、書くことは素人や暇人の行いに過ぎず、あらゆる現実から切り離され有用性も未来もなく、結果として書かれたものは禍々しく増え続けた挙げ句に破滅する運命にあるということだった。そんなわけで、私にはもはや分からなくなっていた。謙虚に、宗教に入信するがごとく文学の世界に入る覚悟を決め、本物の宗教儀式における仕種を、そのリズムや配慮を文学に移植すべきなのだろうか。むしろ、朝飯前とでも言うように楽しげに文学を扱ったり、文学の世界に深入りしてとどめを刺すだけになったりしてはいけないのではないか。

要するに、水に広がる毒のように振る舞ってはならないのではないか。

文学という捉えがたい概念についてあれこれ考え迷って（さらには何も考えられなくなって）しまう晩もあったが、そういう状態にも良いところがあった。一瞬たりとも自己批判をして私自身の欠点をとがめようとは思わなかったのだ。たとえば、予備作業、下準備、事前調整ばかりしたがり、抽象的な議論に頼りがちで、分析癖があること、といった欠点である（おそらくそれらはすべて、紋切り型という最悪の欠点に陥ることを恐れてのことであろう）。文学の欠陥や曖昧さを指摘する理論家たちの意見は、疑問の余地なく客観的であり、書こうとしない私の態度を正当化してくれた。

しかしながら、博識を要するこの分野において、私はいまだ多くの場合、与えるより受け取るほうが多い人間であり、教えるより教えられる者であることを思い知らされ、恥ずかしく思うことがあったので、私は自分でも理論をこしらえてみようという気を起こしたのであった。完全に自分独自の方法でもってそうしたつもりだった。だが、その結果はそれほど芳しいものではなかった。というのも、何かにつけ戯れたくなる衝動を感じて、私はさっさと落ちこぼれてしまって、というか、不明確な表現が（幼い頃のように）再び気になってしかたなくなったのだが、多くの人がすでに気づいていたように、そうした不明確さは言語を使用する限り避けられないものであることに私も気づいたのだった。大きな障害のように思われるひとつの事実に私はとりわけ引っかかっていた。つまり、文学には相反する二つの面があるのだ。文学という営みは、みだらにさらけ出された発情（あるいは策略）であり、愉快な、いやじつに滑稽ですらありうるのだが（というのも、よく考えてみれば、表現と剽軽は一音違いなのだから）、それとは逆に、文学には陰鬱なものが含まれるかもしれないのである。というのも、文学の営みは死の恐怖への防御壁となるどころか、生そのものを極めて不吉に映し出すだけだからだ。なぜなら、文学活動とは、叫ぶにせよ蹴りとばすにせよ、怒るにせよ戦うにせよ、言葉なしにはすまされないものであるが、その一語ごとにそっくり一期が含まれているからである。

とはいえ、私を押しとどめていたのは言語に関わる一般的問題だけではなかった。私自身がフランス語と結んでいた関係も問題だったのだが、その関係の基盤となっていたのは、子供の頃から、フランス語への盲信的な崇敬と熱烈な感嘆が奇妙に入り交じっていたという事実である。私は決まってカフカの場合に思いをめぐらせたものだった。カフカは自分をドイツ語における「客人」のように思っていたという。私はこの表現に感じ入ったのだった。その意味するところが痛いほどに分かったからである。フランス語と私自身の関係が当時どのようなものであったのか今日説明する必要があるとしても、私が用いるのはこうした家庭的イメージではない。もっと自然に思い浮かぶのは「特別優遇の在留外国人」のイメージだろう。行政の専門用語から取られた表現である。この身分を経験した人には分かってもらえるだろうが、他の人たちには思いもよらない義務がもたらされるのだ。何よりもまず感謝の念を持たねばならない。私はまさにフランス語に対する恩義を感じていた。この恩義に報いるには、私が与えうる最も大切な財産、すなわち私の就業期間の一部を差し出すほかなかっただろう。したがって、私が言語のしもべとでも言うべきものに、フランス語の職人になるほかないのは（それも私の職業が何であれ）当然のことだと思われた。だがすぐさまこれに慎みの義務が加わることになった。これは公務員にとっての守秘義務に相当するかもしれない。それゆえ、この堂々たる大建築に入場を認められたとはいえ、それに手を加える権利が自分にあるとは思いもせず、それどころか、いつまででも、必要なら黙ったまま、内部を見て回ることを許可されて喜んでいたのだった。

しかしながら、私は絶えず繰り返される議論に酔いしれることはなかった。そうした議論は負け戦を思いとどまらせ、文学的ニヒリズムへと導きかねないものだったのだが。なるほど、本や作家がこれほど満ちあふれた時代に産み落とされた運命を、私は呪い始めていた。これほど多くの言葉を費やす無意味さを皆に分かるよう明らかにしたかったし、これほどの言葉を書かねばならないと思った人々に私の恨みをぶちまけたかった。だが、まさにそれだけで、失意のどん底の日々においてもなお、私と書くことを繋ぐ糸が緩むことはなかったのだ。

三

自分が十分成熟しているので力強い作品が書けると感じることは決してない。おそらく、このまま落ちぶれるのを待っているのだ。

——J・ルナール（一八八七）

自分が十分成熟していないというのかい。じゃあ、このまま朽ちてゆくつもりなのか。

——J・ルナール（一八八九）

そんなわけで、申し分なく成熟するまで何も書かないことこそ、私には何よりも優先すべき要請のように思われたのだった。

時間を無駄にする不安はまだ感じていなかった。それどころか、高邁な理想にこうして数年を捧げるのは素晴らしいことだと思っていた。このようなあからさまな無関心や落ち着きは威厳をもたらすとすら思っていた。こうした態度が背後に感じさせるのは迷いではなく、未来が保証されているかのような確信だったからだ。

実際、私はすでに未来の中心に確固たる自分の居場所があるかのような想像をしており、ごくありふれた行為（エコール・ノルマルの中庭での友人との会話、サン＝ルイ島での恋人との散歩、ムフタール通りやコントレスカルプ広場の安食堂におけるテラス席での昼食）を行いつつある時にも、それらが後にどんな思い出になるかということがなによりも気にかかっていた。つまり、私の人生がようやく文学の中に実現され、過去の行いを感傷的に思い出すような時、そして、それらの行いが帯びているに違いない節目や里程標としての尊さを、あらためて認めることになる時、どんな思い出になるのかが気になっていたのだ。

私は現在を思い出として生きており、そのため現在に内実を与えなくても済んでいた。さまざまな印象が混乱したまま積み重なるままにしておいた。というのも、それらの印象はすぐさまひとりでに分類され直すはずで、そうした再分類から読み取れるのは私の人生の成り行きそのものだと確信していたからである。

そんなわけで、私は数年の間、偶然関わることになったあらゆる世界に（その偶然は相変わらず趣味が良くて、とても感じのいい若い女の姿で現れたのだが）、ありがちな無関心や嘲笑の視線を投げかけていて、ことさらに不調和やごまかしのしるし、隠された不均衡を捉えがちであった。けれども、いつの日かこの視線によって世界を理解できるようになるだろうという希望も持っていたのだ。

それは長い間、ずいぶん長い間続いた。

結局のところ来ることはない将来のために、私は力を節約し備蓄を重ねていたのだ。楽観的な待機であったものは知らず知らずのうちに無気力へと変わってしまった。それ以後、私のもとに未来は来ないような気がしていた。時間そのものが私への影響力を失っているようだった。年々歳々私は変わらないまま、同じ夢想、同じ拒絶、同じ幻想を抱いていた。私は若者らしい顔つきをとどめており、まだほんの若者だと言っても難なく通りそうだった。こうして幸運にも時間が停止したことを私は喜んだものだ。おかげで老化の試練から免れうると思っていたのだ。だが、こうした現状維持志向は実際のところ別の不安の裏返しに過ぎなかった。かつてあれほど待ちわびた未来が本当に到来してしまう不安である。時計を止めることでスケジュールを守っていると思い込む人たちがいるが、私は本能的に彼らの要領を採用し肉体そのものに刻み込んでいたのだ。

　もう音階練習や発声練習の年齢は過ぎたというのに、人知れず熟成しているはずの作品は遠くにすら現れる気配がなかった。

　それどころか、文学という営みが時おり（ますます頻繁になっていったが）悲しいほどけちくさいものに感じられた。あたかも、道を遮断したいという欲求、あらゆる可能性を潰したいという欲求に取り憑かれたかのように、ほんのささやかな計画でも挫折させるはずのプロセスなら、どんなものであれ次々に実行した。かすかに姿を現した作品もすぐに壊されて完全に消え去ってしまうため、完成させるには及ばないのだった。現実があまりに凡庸なので書き記すにも価しないと思ったのか、それとも、言葉があまりに平板なので現実を説明しえなかったのか、当時の私には分からなかっただろう。だが、それゆえにこそ私は、疑念と逃げのうちにいっそうかたくなに閉じこもっていたのだ。

　それに加えて、私の態度が家族のうちに不安を引き起こしつつあった。彼らは苛立っていたのだ。家族の誰もが、多少とも遠回しにならば、私の怠惰を批判する権利があると思っていた。家族は私が名声を得ると期待し続けてきたのに、その名声はいっこうに到来しなかった。私はと言えば、自分の成功は家族の成功でもあったはずなのに、その瞬間をたぐり寄せるために奮闘することなく、怠けたいだけ怠けていた。家族が想像していたのは、私がパリを征服すべくしゃにむに働いている姿だった。文学サークルで注目され、アカデミー会員、編集者、大臣（あるいはせめて、そうしたお偉方の娘たち）と毎晩夕食をともにする姿をも想像していたのだ。私はと言えば、ぼんやりと日々を過ごしながら、古い書物について夢想し、ちょっとした文章を書いていたのだが、それはどんなジャンルにも収まらない文章で、そもそも二、三ページ以上書かれることはめったにないのだった。家族は雪辱を期待しており、そのために私が尽力してくれると無意識のうちに決め込んでいたのだが、私はその期待に応えられず失望させていた。私が援助を必要とする限り、家族は楽な暮らしをさせてくれた。だがいまでは、安逸に流れてしまったという理由で私は家族の無言の非難にさらされていた。自由なつもりでいたが、そうではなかったのだ。家族からの重圧を感じていたのである。

またしても事実を認めないわけにはいかなかった。書くことと生きることという古典的二者択一は、とにかくどちらかの道をきっぱり選ぶことを前提としているわけだが、この選択に対しては、私はどちらの道にも向いていないことを少しずつ曝け出すほかなかったのだ。実を言えば、私はこの二者択一を本気で考えていたわけではない。関われば深手を負うと思っていたからだ。こうした二者択一から逃れざるを得ないのは自分がもともと複数のものから成っているからだ、と感じずにいられなかった。さまざまな文化的遺産が混じり合った教育の成果として、豊富で多様なものを参照しうることを、ずっと以前から私は誇らしく思ってきた。自分のどんな特徴よりもこの多様性を大切にしていた。というより、多様性にはほかのすべての特徴が含まれているように感じられた。欠陥でも異常でもなく、私という人間の本質そのものだと思われたのだ。

だが、多様性を大切に思ってはいたものの、それをうまく活用できていたわけではなかった。というのも、多様性は異国にいる私の親類とあまりにも密接に結びついていたからである。そして、私は他者との違いを自分の力の源泉とすることができずにいた。遠くはなれた自分の出自をもっと活用すべきだったはずで、この地理的偶然を足場に出来ていれば自分の世界観はより洗練されていただろう。旅人という立場がもたらす身軽さを利用すべきだった。要するに、祖国喪失状態そのものから、得られる限りの副次的利益を引き出すべきだったのだ。けれども、当時の私にはまだ分かっていなかった。多様である（そして他と異なる）権利が得られるのは、作品を通じてそうした多様性（そして他者性）を乗り越えうることを示した場合に限られるのである。

かくして、自己イメージに転覆が生じたのだったが、すぐにはその意義が分からずにいた。高慢だったのがしだいに謙虚になった。学業が終わるとともに決断を迫られることになった。というのも、私には〈地位〉がなかった、つまり、自分の位置づけがもはや分からなかったからだ。私が押し込められかけたカテゴリーはどれも当てはまるようには思えなかったが、他の定義が当てはまるように努力したわけでもない。

子供時代、他の子たちが「シャトーブリアンになるか、さもなくば無だ」〔若きヴィクトル・ユゴーの野望として有名〕と誓う年頃に、私は「自分自身となるか、さもなくば無だ」と書いたのだった。そのうち「自分自身でありつつ無である」という状況に陥ることになるとは、もちろん予想もしていなかった。

あの馬鹿げた人物、（パスカルの想像力が生み出したと思しき）目玉が三つないことに悩む人物は〔「目が三つないと言って嘆いた人はおそらくいないだろうが、目が一つもなければ慰めようもない」。パスカル『パンセ』（上）、塩川徹也訳、岩波文庫、一三六頁〕、まさに自分のことではないかと思い始めた。いったいいかなる狂気のなせる業だったのか、私は人間に共通の宿命を受け入れようとせず、ずっと世に埋もれているわけにはいかないと思っていたのだ。

だが、沈黙するという選択をしても私の不安や悔恨が静まることはなかった。ランボーからヘルダーリン、ニーチェまで、手本に事欠かなかったのは確かだ。何にせよ、彼らが終着点に選んだ場所から始めたからとて、恥じることなどあろうか（ハラール的な地は単なる逃避の場所なのではなく、芸術の強度を増す契機となるのだろう）。彼らが手にしている時（とあえて言うが）、沈黙は武器となっていた。その沈黙はあまりに重苦しく、多くのことを意味していたので、もはや隠すには及ばず、彼らの詩の多くでもなおなされていたのと違って、言葉に変換する必要はないのだった。でも、私が手にした場合はどうか。沈黙もまた扱いにくいことが分かった。沈黙をぶつけられる人々が（というのも、自死と同じく沈黙はつねに誰かに対する当てつけとみなされているからだが）、その人々が沈黙にどんな馬鹿げた、あるいは不快な意味を付与するものか、分かったものではない。私が何としても避けたかったのは、実際には嫌悪している流派を、ひた隠しにしながらも全面的に支持していると信じ込まれることだった。その流派とは、静寂を徹底的に非難するふりをしつつ、その実、言葉にしがたいものや主観的なものだけを保護し享受するあらゆる人たちのことであるが、この態度のおかげで彼らは投げやりにはぐらかし、反駁者の鉤爪からまんまと逃げおおせるのだ。

私はある種の慎みから才能のなさや挫折といった言葉をはっきり書くことができずにいた。実際には、慎みというのは正確な言葉ではない。おそらく根底にあった理由は、またしても甦った家族内のタブーであった。恐れていることを口に出してはならないとされていたのだ。私たちは言葉が不幸をもたらすとの迷信を恐れており、不吉な、あるいは単に不快な出来事や予想を口にしなければならないときには、言葉をひどく歪めなければならなかった。自分が経験した不幸をもっぱら三人称で語ることで、亡霊じみた人物に生じた出来事にしてしまい、その人物と自分は当然異なるという体（てい）でいたのだ。他のたいして辛くない事を話題にしようとすることもあった。というのも、私の記憶によれば、地下墓地の壁に描かれていたのは、その時代の惨禍、つまり殉教、拷問、磔刑などを思い出させるものではなく、絡みあった花々と果物、それに空を飛ぶ鳩だったからだ。

　だがたいていの場合、私は沈黙することにした。

　私はようやく理解したのだった。人生には残念な傾向があって、借りをすぐには返そうとしないものなのだ。めったなことでは返済してくれない債務者のごとく、我々の債権など歯牙にもかけない。貸し借りがきっぱり清算される決済を待ちつつ、せめていっときでも言葉を並べるだけで満足できる人たちは、まだしも幸いなのである。

　ということはつまり、昔から自分が正当な所有者だと思い込んできたものを、いまやあらためて獲得に乗りださねばならないということだった。

語順

「フランス人はもはや働こうとはせず、なんでもかんでも書こうとしている」と門番が言っていた。それが直ちに、古い文明への攻撃になっていると思いもせずに。

――シオラン

今日では、気の利いた言葉を三つと嘘を一つ思いつけば作家になれる。

――リヒテンベルク

自分の過去に関するはっきりしない出来事、あるいは何にせよよく分からない出来事のうち、いまなおもっとも驚くべきなのは、どこかの時点で自分が書くべき使命を帯びているなどと思い込んだことであるが、いったいいかなる理由だったのだろうか。自明にも見える単純な疑問であるものの、この疑問の必然性を感じるまでには長い時間を要した。手始めの試みに何度も失敗した挙げ句、ようやく自分の「資質」に疑念が兆し、どうしてそれが自分の意志と無関係に与えられていると思っていたのか、考えるようになったのである。しかし、その問いはひとたび浮かぶと、もはや消え去ることはなかった。私の課題の大半がこの問いに答えることだった時期もあったのだ。

私が見出した答えは多様であり、完全に矛盾していることもある。それでも明らかなことがひとつ。書きたいという欲望は私とともに年を重ね、人生のさまざまな状況を経ても消滅することはなかったのだ。この欲望は誕生以来身を潜めており、幼年期にありがちな妄想とともに消え去ることはなかった。おとなしすぎた思春期の不平不満にもうまく適応し順応した。さらにそれは長い勉学期間にもどうにか押しつぶされず、厳しい学問研究によってももはや根絶されなかった。言葉の大河の氾濫は長続きせず予測不能ではあるが定期的に発生するため、書くことをめぐる私の夢物語は長年にわたって消え残っていたのだが、是が非でもこの大河の源流まで遡る必要があるとするなら、赴くべきはもちろん幼年期の方であろう。そこでは原因と結果が奇妙に錯綜していることが分かるだろうが、私にとってそれを解きほぐすのは今もって容易ではない。私が言葉に関心を抱きそれらを組み合わせてみたいと思ったのは幼年期のことだったし、手始めに文学的なものを試みたときにもテーマとして自然に選んだのは幼年期についてであった。つまり、幼年期は私の文章に、語の二つの意味において、モチーフの大半をもたらしてくれたのだ。だが、幼年期と文章のこうした二重の関係は明らかに二つの異なる過程に関わっているのに、私の記憶の中では凝固してひとつに混じり合っていた。もはや何が幼年期の体験に直接由来しているのか分からないほどで、それらの体験を思い出し書き留めるためにやれる限りのことをやった結果、私に何がもたらされることになったのかも、もはや分からないほどなのだ。

一

自らの幼年期とは決して縁を切れないものだ。ひとは概して二つの感情を揺れ動くものである。ある種の後ろめたさ（こんな子供じみたことを重視する価値が本当にあるのだろうか？）と、強い不安（今こうして本質を見失いつつあるのではないか？）との間を。

他人の幼年期なら容易に想像できる。思い出のぼんやりした目録のようなものであるが、時や気分に応じて変化し、捉えがたいその全体ははかなく、すぐにも消え去りそうだ。あるいは究極的には、感情の陰影があとになって何らかの、取るに足りない存在や物、場所に投影されているだけとも見なせよう。自分の幼年期はまったく異なる強度を持っている。その痕跡が消え去ることはないどころか、時間とともにますます深いところに刻み込まれるようにすら思われたのだが、だからと言ってうわべから読み取れなくなるわけではない。私がこんなふうに過去に取り憑かれているのはユダヤ的教育のせいであろうか。あるいは、血のなせるわざなのかもしれない。どうやら記憶の義務、思い出す責務のようなものはずいぶん昔からあったようだ。アブラハムの契約、イサクの犠牲、エジプトからの脱出、律法の授与などの逸話を、絶えず思い返す責務があったのだろう。古くからのこの特質は、戦後、忘却の禁止というさらなる要請が加わることで、いっそう強化された。

もちろん、思い出への愛着を感じるのに、そんなものは必要ではなかった。生まれつきの性分から自然とそうなったからだ。世の中には、何年も一カ所に静止しているわけではないにせよ、幸福だった過去をじっと見つめたまま、しぶしぶ後ずさりするかのごとく社会に出て行く人たちがいるものだが、私は今でもそういう人間なのである。自分の思考も情熱も過去形でしか口にできない（はるかな未来のことなら未来形で言えないこともないが）。私はつねに何かを思うのも感じるのも後れ馳せなのだ。そんなわけで、その昔資産の配当で暮らしていた人たちのように、私は何年も幼年期の思い出を糧に暮らしたのである。私に他の手がほとんどなかったのは確かだ。だが、過去は思いがけないときにごっそり剥がれ落ちてしまう。だから、私も他の人たちのように、過去を取り戻し定着させたい、さらには再利用したいと思ったのだ。今日、ぼろ切れや排水が再利用されるように。

この企てに乗り出すにあたり、ずっと以前から使えると思っていた足がかりが二つあった。周囲の人たちとの恵まれた関係、そして、まったく別物ながら、やはり恵まれたフランス語との関係である。

私の周囲、少なくともごく身近な親族のあいだでは、私の運命が特別なものとなることを誰一人疑っていなかった。その確信は何に基づいていたのだろうか、そう疑問に思ったのは後になってからである。皆の抱いていた（やはり嬉しい）この確信を私は他意もなく信じ込み、私たちの家庭生活を支配していた他の掟、明文化されていたりいなかったりする多くの掟より、不可解だとは思わなかった。言うまでもなく、こんなふうに私に約束された特別な運命は輝かしい運命であったし、そこでは文芸への愛着が主要な役割を果たすはずだったのである。

というのも、私たちにとって、言語との関係は軽いものでも無意味なものでもなかったからだ。数世代前に築かれた一族の名声の名残、鮮明かつ執拗に残る名残が最後に逃げ込んだのが言語との関係なのである。私たちの一族は辛い状況で富を失っており、年月を経てもなおその出来事を思い出すだけで悲しみと恨みがかき立てられるのだった。だが、文化面での特権は手つかずのまま残っていた。その特権をほぼ四世紀にわたり体現していたのは(一族の記憶がそれ以上系図を遡るのは困難だった)、何人かの傑出したラビ〔ユダヤ教の指導者〕である。そのうちの一人は、遠くウフランの村で奇跡を行ったという。別の一人は胆のすわった伝道師で、はるばるブハラまで赴き、自らの宗教施設に寄付を集めてきた。また別の者たちはターバン姿のカバラ学者で、聖地パレスチナで死ぬまで学ぶことを決心したのだった。ゆるがせにせず代々伝えられてきた逸話の記憶から、一族の誇り高き伝説が引き出してきたのは、生まれた時から我々と文芸の世界を結ぶ先祖伝来の絆が存在する証であり、我々がある種の宿命の元にあることの客観的証拠のようなものであった。なかでも特別の地位が与えられたのは、言うまでもなく、メクネスの豪邸に迎えられたピエール・ロチが、曾祖父との面会について書き残した長い記録である。実際のところ、これは奇妙な記録だった。というのも、異国の環境が細心の正確さと、感嘆ぶりを示す綿密さで描かれる一方で、オリエントの説話のような環境に暮らす人々については、ほとんど何も言われていないからだ。それはまた不思議な邂逅でもあった（私はしばしばこの出会いの様子を夢想したものだ）。なにしろ「穏やかな顔をしたユダヤの富豪」と『アジヤデ』を書いた多作家の面会なのだ。この面会はロチにとってはお金を借りる機会となったが、作家は当然ながら借りっぱなしになるのではと心配してもいた。だがそれだけにとどまらず、我が一族にとってこの面会は、事態の流れが変わったことを象徴的に示すものとなっていた。裕福で平穏な一族の暮らしに、フランス文学とその魅力が侵入してきたのだから。

言葉の洗練や正確さ、生彩に富んだ表現や若干古風でも凝った言い回しの探求、こうしたすべてがこの上ない重要性を帯びていた。まるで本物の魔法のように用いられていた。性の取り違えによって婚約が破談となり、家庭の運命が単なる不一致や情熱のあらぬ活用に左右されるのだから〔「性の取り違え」「不一致」「あらぬ活用」はフランス語の文法規則への違反と掛けられている〕。

植民地の小規模な地方社会では、各集団は互いにほとんど交流のないまま厳格に階層化されており、文芸の崇拝は、ローマ帝国衰退に伴う混乱期同様、「文明人」とその他の人々を区別するものであった

こうして、教養への情熱のようなものがほぼ自然に私に芽生えたのだった。教養とは完成し閉じた総体であり、これを獲得するにはいつまでも勉強を続けなければならなかったが（長く勉強するほど教養の価値は高まるのだ）、教養の内部で何かしたいと考えるのは思い上がりだっただろう。教養は模範となるもので、伝統的宗教が失いつつあった威光の一部を担うものでもあった。私が魅了されていたのは、兄たちの教科書に抜粋が見つかるような、特定のページや作品、著者ではなく、フランス語で書かれ得たものの総体であった。私はまだフランス文学について無知も同然だったが、それを生き物、生体のように見なしていて、どんな要素もおろそかにしてはならない

と思っていた。あるいはむしろ、ひとときもじっとしていられず、変貌しなければ生きられない人間のようなものと見なしていたのだった。

私はまだフランスを知らなかった。わずかな知識はときに思いがけないところからもたらされた。たとえば、私はたびたび「魔法のペン軸」を贈り物にもらったことを覚えている。象牙製と思しき柄部分に彫刻が施されていて、その内部には歴史的建造物の写真がはめ込まれていた。柄の中央にある小さな穴に目を当てると……微小ながら極めて鮮明なコンシエルジュリ〔大革命当時のパリ高等法院付属監獄〕やヴェルサイユ宮殿が見えた。後にそうした建造物について語る際にも、まだ憧れに過ぎなかったフランスの景色を描写する際にも、このときの出会いにふさわしい印象を生み出す筆調を見出したかった。古色を帯びた象牙の印象は、博物館のショーケースを見た時のように、事物と私の視線のあいだに、すぐさま適正な距離を生み出してくれたことだろう。

そんなわけで、私と言語との関係は最初からはっきりと方向づけられていた。事物とその名を混同する危険は決して冒さなかったのである。

二

私が用いていた単語の大半はすでに、事物との自然な結びつきからほぼ完全に切り離されており、私にはそれらの語がうっとりするような軽やかさを備えているように感じられた。地面に引き寄せられそうな重苦しさは一切なかったのだ。私のお気に入りの言葉（ベルガモット、ゴンドラ、烏魚子（からすみ）、ガルベ〔プロヴァンス地方の縦笛〕、すのこ）は目の前にあるものと何ら関係なかった。それらは虹色にきらめく美しい泡みたいに、無意味だからこそいっそう貴重に思えるのだった。これ以上に美しい玩具がありえただろうか。

今もそうだが、言語がむき出しになる瞬間が私はなによりも好きだった。ちょっと珍しい単語が思いがけない人の口から飛び出すだけで、混乱が生じるのだった。その単語は発言全体をすぐさま解体し、展開中の推論の首尾一貫性を消し去り、周囲に空虚を生み出した挙げ句、その語だけが消え残り、全方向において意味を奇抜な響きで満たすのだ。

こうして、私は偏愛する言葉だけで出来た砦のようなものを築き始め、ときどきそこに閉じ籠もるようになった。世間に無関心だったり孤独を愛しすぎたりしたからではない。それどころか近所に住む親類の子供たちにしっかり溶け込んでいたように思う。とはいえ、言語の楽しみについては、誰も分かってくれなかったので、私はひとりささやかな言葉の放蕩にふけるのだった。いかなる現実もうまく組み合わされた言葉に匹敵するものではない、と私はすぐさま確信し、どういうわけかすっかり嬉しくなったのだが、周囲の誰もそのことに気づいていなかった。ほとんど誰にも話さなかったのは確かだ。結局のところ、そんなことは口にすべきと思えなかったからである。いったい誰に話せたというのか。猛暑の昼下がり、昼寝をしていると思われていた時間に、私はとある短編推理小説を一行ずつ、一語ずつ（ついでにあまり「高尚」とは思えない表現だけは削除しつつ）書き写していた。その小説は『リーダーズ・ダイジェスト』のフランス語版で見つけた小説だった。そうすることで私は、この短編が述べているのとはまったく違う意味を生み出そうとしていたのだ。それは行き違いになった逢い引きの話だった。イギリス人男性が数字で記した日付を、恋人の若いフランス人女性が読み間違えたために起きた悲劇である。もっと後に、私は白い紙のストックを蓄えていると告白することになるのだが、もしもあの頃そう告白していたら、果たして周囲の人たちは私の言動を変わらず真剣に受けとめてくれただろうか。

おそらくこうして私は秘密を好むようになり、二重生活の習慣が生じたのだが、それは中学・高校時代を通じてさらに際立つこととなった。実際、中学一年への進級はこの世で新たな生を享けるようなものであった。それまではユダヤ的な家庭環境が唯一の価値基準だったのに、初めてその外に放り出されることになったのだから。それが意味していたのは、新たに示された模範に従うとともに、伝統との絆も絶やさぬよう気を配らねばならないということである。二つの領域にまたがる生活とは容易ならざる軽業だ！　だが、そのおかげで中学の数年間には遊戯めいた面白みが加わった。長いこと、私はこの二重生活という遊戯を楽しんだが、やがてうんざりしてしまった。

私の二つの人格、二つの生活は日々食い違い、多少とも捉えがたい亀裂をはらんでおり、ついには私の行動様式にまで影響を与えるようになった。本当の自分が誰でありどこにいるのかも、もはや分からなくなってしまったのだ。

それ以来私は何であれ二重のものを警戒した。内心においても、周囲においても。二重性は二心と紙一重だった。私が言語への関心に誇りを抱いていたのは、それにより、古いユダヤ・アラブ文化、つまり数世紀にわたる祖先の文化の遺産に、部分的にでも触れることができたからであり、また、どこに行っても、年齢、出身、階級を問わず誰とでも打ち解けられたからであるが、その言語への関心すら突然いかがわしいものに思えてきた。二言語以上を操ると、快感が得られる以上に危険が兆すように思われたのだ。二言語、すなわち二枚舌という形態に慣れてしまうのは、当初思う以上にたちが悪いのである。そしてついには従兄弟たちのことを笑えなくなってしまった。彼らは私と同じく二言語併用と言える環境に育ちながら、フランス語以外で話すのは頑なに拒んでいたのだ。

そこで、私はもちろんただただ逃げることで窮地を脱したのだった。自分のためだけの、まったく新しい自己を作り上げたのだが、それは他の人たちが知っているつもりの平凡な姿とは全然違うものだった。その新たな自己は、植民地が置かれることと

なった歴史と地理に翻弄され、本当の生活環境、本来の場所（トゥーレーヌ地方では
フランス語が日々大切に守られていたはずだが、その中心部にある古い村）から遥か
離れた場所で、まるで異国の花が場違いに移植されるようにして産み落とされたので
ある。もっとも、運命の皮肉により、その移植は逆方向になされたのであった。実際
のところ、私は異国の出自を無念に思い、そうした異国風の家庭環境を不当な追放の
ように感じていた。そんなわけで、まもなく私は、真面目な中学生とユダヤ人少年と
いう、二つの隠れ蓑を被ることになった。これら二つの仮面を、尊大な自己は高みか
ら見下ろしつつ、もてあましていた。

だが、子供時代は永久に続くわけではなく、家族に従っていれば間違いないとの信
念も崩れ始めた。私はこれまでに教わったことの根拠を探していたが、必ずしも見い
だせずにいた。約束された栄光はどこからやって来るのかと考え始め、いささかいら
だちをも感じていた。自分の内面をじっくり観察し、天才の片鱗を見出そうと焦って
いたが、いつの日か必ずや現れるはずの片鱗がいっこうに現れず動揺していた。なに
しろ決定的なことは何も生じなかったのだ。成功はどうなったかって？　私の成功な

ど、「頭のいい勤勉な」生徒が当たり前に期待される成功を一歩も超えていなかった。先生方は悲しいほど想像力を欠いていたものの、学期ごとに私を励ましたり褒めたりと、口を揃えて安心させてくれたものだ。まことに恥ずかしいことだが、私は神童ですらなかったのである。ある時、明白な事実を認めないわけにはいかなくなった。自分が持っていると思っていた独自性は、独自性を持っているとの確信、思い込みだけであったが、その確信はもはや私と一体化しており、他に根拠などなさそうだった。

この確信に対する私の立場は、選民思想に対するユダヤ人の立場と同じように奇妙なものであった。地上の民族の多くは自らを「選民」だと信じ込んだりそう自称したりしてきた。彼らは次々に帝国を築き、その栄華や苛酷さにより人類の記憶に刻まれたのだが、そのことで彼らの主張にともかくも根拠らしきものが与えられたのだろう。ユダヤ人はそれとは違う振る舞い方をしてきた。彼らは自らを選民とする物語をこしらえ、それを信じるふりをすることで、時には本当に信じることで（そのうち二つの態度の違いはあいまいになったのだが）、自らが選民と見なされるよう仕向けてきたのだ。したがって、袋小路から抜け出したいなら、自分の置かれた状況をもっと真剣に受けとめる必要があった。書くことこそが、私の望む真の独自性を人生に付与する方法となるはずだ。夢見ていた自己の姿を語りさえすればいいのだ。こうやって先取りし手にしたも同然の未来の真実が、事前に思い描いていたのと違うことなどあり得まい。なぜなら、当然のことながら、私が作り上げていたのは正確さに満ちた虚構だけだっただろうから。

私はこうして重圧から解放されたのだった。もはや、未来があると信じるために、隠された力を自己の内部や手の届かない所に探す必要はなかった。ペンが一本ありさえすれば良かったのだ。だが、この方針は気が利いていて手を出しやすかったため、私には重大な危険が見えなくなっていた。こうして背負い込んだ重要な任務は、何らかの障害のせいで達成が遅れることはあっても、先にしかるべく参照したつもりの歴史的実例〔ユダヤ民族の例〕においてもそうであったように、選ばれし人を必ずや犠牲者に変えてしまうのだ。

私の頭の中ではこうして何もかもがごっちゃになっていた。書きたいという欲求は巨大なたまり場となり、そこではあらゆるわだかまりが解け、あらゆる障害が消え去るのだった。とにかく、書くことに従事する方法はたくさんあるのだ！

三

白紙の束で胡椒袋を作るのはためらわれるものだが、そこに何かが印刷されるや気がねはなくなる。

——リヒテンベルク

何も書かれていない紙に記されているのはこのうえなく美しい歌である。

——マリュルッセ〔マラルメとミュッセから合成された架空の名〕

白紙のページから出発する者もいれば、少数ながらそこが到達点となる者もいる。もちろん苦労もある、わずかな白さを取り戻すためにずいぶん削らなければならないこともあるから。実際、悲劇的なのは、書くことに向いていなくても、書きたいという欲求がなくならないことである。そのためにはさらに、体に障害でもなければなるまい。だが、それでも欲求は消えないかもしれない。口述筆記で切り抜ける人もいるだろうから……。

この領域において、私個人は奇妙な軌跡を描いてきたのであるが、その円形はブヴァールとペキュシェの後継者であることを示している。クノーが見事に見抜いたように、二匹のわらじ虫〔「わらじ虫」は陰湿な場所に閉じこもっている蟄居者の比喩。一八六三年の手紙でフロベールは小説『ブヴァールとペキュシェ』の計画をこのように形容している〕の物語は実のところ、ヨーロッパの多くの大小説同様、冒険の物語、「〈知〉の地中海を横断する遍歴の旅」なのである。私の遍歴が行われたのは、ずっと狭い地中海、極小のインクの海であり、航海の間中そこに浮かんでいたのは、数枚の白紙だけであった。

私はごく幼い時分から紙に欲望をかき立てられてきた。発端は八歳の頃で、長兄がありがたいことにときどき書斎に入れてくれたのだ。私はこの入室をことのほか楽しみにしていた。新たな世界に、大人の、仕事の世界に通じていると感じられたからだが、同級生の大半は端からそうした世界と縁がなかったのである。

ひどく寒い日に初めて入室して以来、私がとりわけ心を惹かれるのは、まず馬鹿でかいタイプライター、それから丈高でやや細長い、引き戸つきの棚である。そこでは、さまざまな種類の紙が、いくつかの山ごとにきちんと積まれていた。目映いほどに白くきれいな紙は、上質で薄く、いい音がしそうだ。まったくの白紙の束もあれば、レターヘッド付きの束もあり、もっと謎めいた体裁の束もある(たぶん役所への申請書だろう)。それらが魅力的なのはひとえに私のノートの灰色っぽい紙とは比べものにならないからである。その清らかさは、マス目ひとつ、横線一本にも汚されていないのだ。

私は大量の紙に驚き、ますます兄への憧れが募った(そして兄は私を喜ばすチャンスを決して逃さなかった)。その日、紙の買い置きから離れようとしない私を見て、兄は、使いたければ使っていいよ、と言ってくれた。私は珍しくすぐに言われたとおりにした。兄が背を向けるやいなや、私は嬉しさに震えながら、手の届く紙束からそれぞれ一部を抜き取り、自分用の蓄えをたっぷり作り上げた。

これが私の最初の宝物となった。そして、まだ自分だけの保管場所はなかったので、ベッドの真上にあった母の肖像画の裏にその宝を隠した(この絵は向かいの壁に掛けられた父の肖像画と対をなしていた)。

これほどの紙にどんな用途があり得るのか私には分からなかった。せいぜい、先生が読み上げる単語や文を「二重罫線」の紙に、不格好なぎこちない文字で書きつけることができたくらいだ（私がまだ優等生になる前のことである）。

今になってよく考えると、私はいずれこの紙でお金を作るつもりだったのではないか。当時、私たちが使っていたのは紙幣だけだった。現在の数サンチームに相当する低額は、ごく小さな四角い厚紙。もう少し高額になると小さなお札だ（百リラ硬貨が不足した時、イタリアで使われていた紙幣に似ていた）。私はそれらの紙幣をふんだんに使えたわけではないし、実際のところ、その必要を感じていたとは思わない。しかし、その気になれば好きなだけ紙幣を作れる材料が手元にあると思うと安心できたのだろう。いずれにせよ、私が初めて蓄積に興味を持ったのはこういう形によってだった。

初めての備蓄はたっぷりあったにも関わらず、私は満足していなかったに違いない。その後も兄の部屋に入るたび、すぐ必要だと言わんばかりに何枚かを抜き取っては、その晩のうちに、壁と絵のあいだの備蓄に加えるのだったが、それを覆い隠す肖像画の中では、母が頬をかすかに赤らめてほほ笑んでいた。

その後、中学生になった私は、いつも必要以上に大量の手帳、住所録、画帳、メモ帳などを買うようにしていたのだが、ほとんどは使わずにいた。それらを使うつもりだった大規模な計画は、その当時すでに、計画の段階を抜け出せそうになかったのだ。こうして、年月が経つにつれて、私はこの貴重な補助用具をずいぶん所有することになった。厚紙の表紙はかなり色あせ、細かい方眼入りのページはひどく黄ばんでしまっていたが、それらに記すつもりだった事柄はいつでも記載できたし、実際のところ重要なことはすでに記載されていたのだ。順序を少しでも入れ換えたら冒瀆になるとまで思いこんでいたのは、どのノートもずっと前に書き込まれるはずだった文章と結びついていたからである。

数年後、私が子供用ノートと同じ熱意をもって集め始めたのは、黒布で装丁された大判の帳面である（国立図書館の近くにある専門文具店で今でも手に入る）。

つい最近、ヴェネツィアで、次いでニューヨークで、ずっと前からまさに探していたものをようやく見つけたのだった。どこから見ても本にしか見えないが、中には一語たりとも印刷されていない品物である。ヴェネツィアで見つけた品は、予想されるごとく極めて洗練されており、とりわけ紙の選択と装丁の品質において際立っている。

ニューヨークのものは見栄えは劣るがより実用的で、白いカバーの両面に黒の太文字でThe Nothing Bookと、やや挑発的な表題が印刷されており、Nothingのoだけが鮮やかな赤色の細い字体で上側に浮いている。だが、なぜだか突然恥ずかしくなり、どちらもさまざまな潜在性を秘めた本なのに、二部以上買えなくなってしまった。おそらく私は自分の「作品」の分量を過度に水増ししたくなかったのだ。架空の作品であっても、相応の規模を越えてはならないのである。

私は今日でも紙に対して裏表のある態度を持ち続けている。方眼紙は仕方なく使っているだけだ。小さなマス目が窮屈なのである。一方、真っ白な紙には心に迫るものがあり、その清らかさを守るためなら何でもするつもりだ。私はこうして他人の紙の使い方を知ることに情熱を傾けるようになっており、たまたま草稿、メモ、手稿などを目にする機会があれば、ざっと目を通さずにはいられない（友人の筆跡はもちろんだが、仕事の場でたまたま隣り合った知らない人の筆跡も）。無遠慮に内容を読みとるためではなく、単に書かれたものとその媒体の関係を観察するためである。その傍若無人さに衝撃を受けるような筆跡もある。何ページにもわたって思いきり伸び広がり、罫線を無視し、余白を気にせず、あらゆる限界をはみ出して、ついには全方向にたくましく手足を伸ばしている。遠目には、それらの筆跡は紙に昔から埋め込まれ一体化しているようにすら感じられる。私の筆跡はそんな堂々たる雰囲気とは無縁で、所定の紙がもたらす大いなる空虚に激しく飲み込まれることは決してない。遠慮がちにしばらく周囲に留まり、なかなか姿を現さず、まずは馴染むことが肝心とでもいうように、筆先をかすめて浮かんでくるのだ。こういう状態が続き、私が一ページ分を書き終えても白紙同然なので、他の人なら本文の余白に自分の文章を苦もなく書き込めるだろう。

かくして当然ながら私が偏愛するようになったのは、短くて最もスペースを取らない形式であった。ソースを濃縮するように、文章を濃縮する方法はいくつも思い浮かぶ。私にとって、しっかりと構築されたアフォリズムは、哲学の議論以上に役立つのである。一ページでは多すぎ、ほんの一文で十分な場合もあるが、その時、一文の反響は遠くまで長く響きわたるものなのだ。

第二休憩時間

読者よ、今こそ改めてあなたが発言すべき時である。著者が過去に歩んだ険しい人生行路をおとなしく辿り直したあなたは、窮屈さや曖昧さがいくつも折り重なる場面で、著者が生まれるのを、あるいは、生まれ変わるのを目にしたはずだ。波乱に乏しい人生の諸段階をあなたは著者とともに大股でたどってきたのだが、それら諸段階にはひとつの共通点がある。すべてが同じ袋小路に通じていたのだ。

「結構なことですね！」あなたはそう言うだろう。「あの男はいったい何を待っているんですか？ さっさとしかるべき結論を出せばいいのに。芸術家にとっては作品だけが自己の真の姿を映す鏡なのだから、あの男はもう自分に文学的才能があるなどと思い込んでいてはいけないんですよ。もっとも、才能がないからって嘆くことはありません。言論の世界を諦めてしまえば、少なくとも、諦めると言論で伝える責務からは解放されるんですから」

「間違いない！　これぞ名誉ある出口なんだ。著者はそう言ってもらってありがたいだろう」

「どうしてすぐそこから出ないんです？」

「どう考えてもそうすべきだけど、彼が諦めるとは思えないよ」

「どうしてなのか教えてください」

「ただ単に、いつの日か自分の弱点が利用できると思っているんだよ」

「なんですって？　失敗を芸術作品に変えるというんですか。恥ずかしい手を使って、書いてもいない本の残骸から本を作るんですか。あの男は、かつてはただひたすら本物の傑作を夢みていたと打ち明けているのに、作品の残骸を継ぎ接ぎするほど落ちぶれるとは」

「いいじゃないか。著者には失うものなどないんだよ。何をしたって、子供の頃に夢みたとおり、救いをもたらす書物ができるんだから。彼の視線はこの幻想を追い続けているんだ。でも、それに囚われないようにするには、他のところを見るだけではだめなのさ。目に見えるのは探求対象の不在だけだから。一番良いのは、彼がこの状況を受け入れることではないだろうか。そんなわけで著者は、ないものの輪郭を根気よくなぞって、できるだけ正確にその形を描く決心をしたのだ」

「そいつは結構。それなら彼にこのことだけは覚えていて欲しいものです。失敗を芸術作品に変えようとするのと、失敗をすでに芸術作品であるかのごとく自賛するのとは、まったく別のことだとね……」

主人公

提案。厳冬のあいだは、本を燃やそう。

――リヒテンベルク

書き続けるべきなのか私には分からない。優れた精神の持主たちはそのことに疑念を抱いてきた。マルセル・シュオッブが、ルナンにならって心惹かれていた考えによれば、古典主義世代とロマン主義世代が奮闘した結果、我々に残された探求領域は、博覧強記の文学だけなのだ。

――ポーラン

人類が考え努めてきた数千年というもの、高邁かつ簡潔にして言うに値することは、すべて言われてしまった。高みから見れば深みをもつこと、すなわち、広範かつ壮大なことも、すべて言われてしまった。今日では、もはや反復することしかできず〔……〕、いまだ手つかずなのは些細な細部だけだ〔……〕。今日の人間に残されているのは、やりがいも華も一切ない仕事、隙間を大量の細部で埋めるという仕事なのだ。

――ルヴェルディ

すべてが言われ尽くし、もはや言うべきことは何もないということは、誰もが知っているし実感しているところだ。だが、さほど実感されていないのは、この明らかな事実によって言語に奇妙な、いや不安を誘う地位が付与され、それが言語の罪を贖っている、という事実である。言葉は死んだのだから、要するに救済されたのだ。

――シオラン

話すとなると私は不安になる。適度にしゃべるということが決して出来ないため、つねにしゃべり過ぎてしまうのだ。

――デリダ

どう考えても「良いいたずら」などあり得ない。子供の頃からやってきた遊戯、絶妙なバランスで幻想を引き延ばしつつタイムリミットを先送りする遊戯を、私はいつまでもずっと続けられるものだと思っていた。結局のところ、遊戯をするもしないも、どうやるかも私次第だったし、その仕組みも分かり始めていた。

実際には私は罠にはまったのだった。大っぴらに口にすることは次第に少なくなっていたとはいえ、栄光の夢につねに酔いしれており、その夢は最初の頃の度重なる失望を難なく乗りこえたのだった。だが、ある時、その夢はつま先立ちできっぱり逃げ出したのだ。たぶん出番を待ちくたびれたのだろう。それ以来、遊戯はあるがままの姿で、つまり意味も目的もないものとして私の目に映っている。

私の友人たちは次々に（派閥、党、親族、同人など）その後長く身を委ねることになる集団を見出しており、無造作なこの振る舞いには今なお戸惑いを覚えるのだが、その友人たちからの誘いに皮肉な距離を取っていたため、私は徐々にレースから脱落したのだった。流行や巨匠を警戒するあまり、そして自分の所説が身辺の巷説と同じであっては困ると思うあまり、私は自分の手足を縛り上げることになってしまった。そのためもはや私は知の領域のごろつきにすぎなくなり、どこへ顔を出しても信用されなくなってしまった。そして、この長い年月は私の記憶の中で徐々に混ざり始めており、その歳月は互いにくっついて、というか氷結して、ひとつの塊となっているせいで、この時期については、何らかの書法を目指して孤独に歩んだ印象しか残っていない。書くことなどどうせ虚しいものだという内心の確信が、思い浮かんでは強まるため、歩みは果てしなく遅れ、のろのろとためらいがちになった。後悔の念によって事物に与えられる絶大な威力を感じては、自分がたどらなかった何本もの道、やろうとしなかった試みのことを私は始終考えてしまうのだ。

一

自分の来歴を語り、亡命や祖国喪失、伝統の混淆といった主題を（これらの問題はあいかわらず多くの人にとって、学問の世界だけで用いられる紋切り型のように映っていたのだが）自分自身の体験によって説明すれば、間違いなく、手っ取り早く革新者として振る舞えただろう。この企てには危険はなかった。私の境遇は独特だったので、語り聞かせる時にはちょっとした異国情緒によって味わいが増すのは必定だったし、私の半生は一般的なものだったので、わずかな修正を加えれば誰もが自分の人生だと思うだろう。思いがけない特徴、奇妙な特徴がたくさんあるだろうが、結局のところ、子供時代などどれも似たり寄ったりなのだ。

だが、自分の家の様子を事細かに、錬鉄製の扉、ずらりと並んだ部屋、庭の真ん中にある星形噴水などを描写しようなどとはさらさら思わなかったし、家族全員の個性を逸話によって際立たせる気もなかった。そうではなく、私がやりたかったことは、逸話のレベルにとどまらず、まだ見つかっていない方法を用いて、自分の家とその住人たちに決定的な存在感を付与すること、そして、読者が想像しつつ参照できる一連の場所や人物に、もう一つ要素を追加することだった。もちろんそんな仕事が自分にできるとは思っていなかった。そもそも、思い出のイメージを何色で塗るべきかも分からなかったのだ。それほど私の実感はいまだ曖昧だったのだ。モロッコで過ごした日々は、失われた楽園として思い出されることもあれば、逆に、以前名づけたとおり、追放ないし悪しき異国情緒の時代として思い出されることもあった。同様に、一九五〇年代半ばの、（戦後の雰囲気をなお色濃く感じさせる）貧素にして陰鬱なパリでの一人暮らしは、約束の地にようやく帰還したように感じられたり、辛い疎外感を早々と覚える原因となったように思われたりした。生地を離れて何年も経つのに、こんなどっちつかずの気持ちが甦るというのは、喪の作業がいまだ完了しておらず、要するにまともに始まってもいなかったのだと公言するようなものだっただろう。

それに、自伝から始めるのは幸先が悪いとしか思えなかった。自分の幼年期にほろりとするなんて、どう考えてもまともな仕事ではない。まずは遠回りをして何か突飛なことをやらかしてみたかったのだ。生まれつきの好みとは正反対の、私がまずやりそうにないことをやりたかった。思い切ったことをやって、後から思う存分笑ってやりたかった。しかるのちにようやく、思い出からのんびり題材を拾う権利が得られるものなのだ。

実を言うと、とことんまで突き詰めて考える度胸があった時分は、打ち明け話ふうの文学には一切手を出すべきでないと思っていた。自己の探求がもつあらゆる危険を感じ取っていたのだ。この危うい領域に近づくやいなや、不誠実さが女王然と振る舞いだし、語り手としてのこれ見よがしの細心ささえ、騙り屋のひけらかしを覆い隠す役にしかたたないのだ。要するに、役者のお粗末な演技みたいなもので、〈私〉と発話する者が次々に異なる役を演じるのである。推理小説において、著者が被害者であり犯罪者であり捜査員であり証人であり、さらには判事でもあるようなものだ。つまり、打ち明け話の企ては罠や落し穴だらけだったわけで、私は裏をかきたい一心でそれらを懸命に調べ上げたものの、ほんのわずかの労力で回避できる罠もあるのではないかとは考えもしなかった。

そのため今日でも、ありのままに語られた人生がお手本になりうる人たちをうらやましく思う。彼らが見る夢は社会の夢となり、彼らが感じる不安は時代の不安となるのだから。彼らが口を開きさえすれば、誰もがすぐさまそこに自分自身の姿を見てとるのである。私に自分の姿を見てとる人などいるだろうか、と思った。私があれほど大切にしてきた思い出は役に立たないのだ。思い出の世界は一握りの人に知られていただけで、それも今では消え失せたも同然なのだから。何のために、誰のために、そんな世界を甦らせるというのか。私は思い出の世界を離れたのだから、その名で語る権利も失ったのではないのか。

他人が、いるかどうかも分からない読者が、私の思い出に興味を持ってくれるなどというのは、滅相もない考えと感じていたのだろう。彼らにだって、自分たち自身の思い出があっただろうに。彼らだって、退屈な日常に囚われていたはずなのだ。どうやったら私の言葉で彼らの反発を乗りこえられただろうか。どんな技法を用いて押し出せば、抵抗を受けないわけにはいかないにせよ、当然の無関心に打ち勝つことができたのだろうか。私にはひとつの実例だけで十分だった。初秋の大祭における祈祷は、普段の土曜日の歌よりはるかに流麗かつ豪奢であったが、そうした祈祷が私にもたらしていた音楽的な喜び（厳粛な時間のはずだったのにほとんど官能的な喜び）のようなものを、ヘブライ語の響きもリズムもまったく知らない人に想像させることなどできるものだろうか。

私はすぐさま確信した。読者がどんな人たちなのか皆目見当がつかないのなら、そして、誰にも会えないまま、人の要求に応えたり激励を信じたり判断を頼ったりできないのなら、ものを書いても虚しいだけなのだ。そうした裏付けを持たないとなれば、物語の最も重要な機能を果たせないのだから、つまり、何らかの認識をもたらすことすらできないのだから、私の人生を語ったところで何の意味もなかっただろう。他の人たちは自らの過去を好きなだけ誇張し美化することで、波瀾万丈の物語を作り出してきたわけだが、そうした物語から読み取れるのはとりわけ、わずかばかりの記憶と豊富な空想の巧みな組み合わせなのである。私が過去から作り出せたのは余計な束縛だけであった。

日記の危険から身を守るのにさほど気を使う必要はなくなった。あれこれ考え反感を感じていたので手を出そうとも思わなかったし、瞬く間にすべてを台無しにしかねないこんな因習はもはやわずかたりとも認められなかった。日記のように制約、形式、規則がまったくないと、一番自分が望まない場所、ナルシシズムやうぬぼれのぬるい砂漠にたどり着いてしまったことだろう。私はこの種の営みに付き物の馬鹿馬鹿しさをいくつかアミエルから教わっていた。瑣末なことを書き連ね細部を誇張するのみならず、なにより、何もせずにいることをしだいに受け入れてしまう（しかも子供みたいに自分を鼓舞することで、無為と戦っているつもりなのだ）。私は自分自身の欠点を持て余していたので、これ以上欠点を招き寄せないようにしていた。というのも、私にはよく分かっていたからだ。ひとたび始めてしまうと、私は羽目を外したい気持ちを抑えきれず、絶えず気を引いたり挑発したりして、そもそも存在しない読者の協力を取り付けようとするだろう。だめだ、何があっても、こんな企てに乗り出してはならなかった。そんなものは私にとってせいぜい、文壇への切りのない補欠入試のようなものだった。

二

解決策がひとつあることはよく分かっていた。思い切ってフィクションの方に踏み出すだけでよかったのだ。思い切って想像の世界に飛び込み、快刀乱麻を断ち、束縛から解放してくれる主人公を作り出すだけでよかった。粘り強くあるいは手際よく神話的人物像を作り出せれば、自分自身を許せるようになっただろう。だが、この場合もまた、事態は思っていたほど簡単でないことが分かった。

誰しもそうであるように、私は読書を覚えて間もなく、あらゆる種類の登場人物を気ままに組み合わせては、その人物に成り切るようになっており（ユリシーズとロビンソン、ヨナとガリヴァー、ヘラクレスとサムソン、ヨブとドン・キホーテ）、そのおかげで複数の世界を絶えず行き来することが出来た。だが、たまたま（いつものように兄の本をめくりながら）寓意的解釈という資源と宝を発見した時、大きな一歩が新たに踏み出されたのである。それは驚嘆というべきものであった。そうなると、かつてぼろぼろになるまで読んだ『童話と伝承』の主人公たちは、無意味な冒険をしていたわけではないのだ！　その冒険は意味を持っていただけでなく、私のことを、私のことだけを語っていたのだ。ある物語からは反抗と不遜を学び、この教訓を忘れまいと決心した（とはいえすぐさま忘れてしまったが）。また別の物語が示してくれたのは、さまざまに変わる姿によって同一人物だとの印象が強められる場合もあるということだ。これら想像上の祖先たちを一人ずつ調べるうちに自分と似ていると感じても、私はもはや驚かなかった。シシュフォス〔ギリシア神話の英雄。生前に神々を愚弄したため、死後、頂上に着くとまた転がり落ちてくる岩を永遠に山の上に押上げる苦役を課された〕、ペネロペイア〔ギリシア神話のオデュッセウスの妻。夫の遠征中、若い貴族たちからの求婚に対し衣が織りあがるまでは応じられないとの口実をつくり、昼間は織って夜になるとこれをほどくことで事なきを得た〕、タンタロス〔ギリシア神話の人物。罪を犯したため地獄に落され、飢えと渇きに苦しめられながら、手を伸ばした水や食べ物が逃げ去っていくという永劫の罰を受けた〕、さらには青ざめたダナオスの娘たち〔ギリシア神話の人物、ダナオス王の五十人の娘たち。父の計略に従い、初夜の床でそれぞれの夫の首をはねた罰として、冥府で、底に穴のあいた甕に水を満たすという果てしない苦役を課された〕……これらの面々は私と同じく、課された任務をやり遂げられず苦しみながら、それでも絶えずやり直す欲求に取り憑かれているのだ。

だが、時とともに、私がすんなり同一化する対象は移り変わり、やがて明確に定まった。だが、まったく異なる領域に移行してしまった。実在にせよ架空にせよ、あらゆるアンチ・ヒーローに自分が似ていると思い始めたのだ。ゲットーで堕落した心優しき夢想家、迫害される義人、自分の純粋さのせいで傷つく人たち、孤軍奮闘の士、不遇の天才など、要するに、厄介者扱いのあらゆる奇才たち、偏狭な周囲が落伍者と見なすすべての傑物たちである。私は彼らを愛おしんでいて、その最終勝利はもちろん私の勝利でもあった。とはいえ、立場の逆転に際しては、煮え切らない気持ちを抱くこともあったものだ。最後に秘密が明かされ、不遇の義人が皆の評価を受けるようになっても、私は必ずしも満足しなかった。そういう奇跡的結末では著者の技巧が鼻につくものだが、その手の技巧は真実であり得たものと必ずしも関係がないからだ。それで突然思い当たった。何かが口にされるだけで真実と見なされる魔法の世界は、私好みではないのだった。

私が想像世界への参入を急いでいたのは自分のためではなかった。あまりに自由過ぎる世界だと感じ、自分には使いこなせない能力だと思って始める前から怖れていたのだ。というのも、フィクションには特有の危険があるからである。フィクションは純然たる告白よりもいっそう油断ならず秘密を露呈させてしまうのだ。それなら、分析を事とする連中から逃れるにはどうしたらよいのか。私は学術的教訓を繰り返しかみしめた。「自分が書いた文章を数ページでも読んでもらおうと決めたなら、そのページはもう君の手を離れていることを忘れてはならない。君が言おうとしたことだけでなく隠そうとしたことも、読者は読み取ることになるだろう。君が狡猾である以上に読者は鋭いものなのだ。君の策略、偽装、韜晦を読者は見抜くことだろう。だが、最悪なのは読者が君を丸裸にしてしまうことではなく、わずかに垣間見た君の姿を、手っ取り早く満足させてくれる適当な幻影で置き換えてしまうことなのだ」。そして、親しみを感じる大切な作家たちに、馬鹿げた言葉が大量に浴びせられていたことを思いつつ、自分もやがてあの策士連の手に落ちるのではないかと怖れていた。奴らは鈍ったメスや錆びた格子を使って、沈黙の裏に叫び声を、欠如の背後にしるしを、そして否認そのものに同意の痕跡を見出しうると思っているのだ。

そんなわけで、私は厳格な匿名性を夢みていた。偽名を巧みに用いて腕利きのあの探偵どもをまいてやろうと思っていたのだ。架空の人格を一揃い作り始めてさえいたのだが、これまでのところ、そのうちのごくわずかしか使われなかったのは言うまでもあるまい。私のやり方は至って単純だった。名前の一つ一つを仮面としてではなく、言わば実験的に作り出された自我として考えついたのだ。ちょうど、最初は醜かったのに整形で多少ましになった顔みたいに、こうした実験的自我は、私の特徴をいくつかまとめたうえで、読者に本来の人格が語っていると錯覚させるのである。観測気球としてこれらの偽名を一挙に世間に流通させていれば、自分は姿を隠したまま、彼らの振る舞いを観察できただろう。結局のところ、最後の最後に最も成功した偽名を名乗ればよいのだとすら思っていた。こうして、自らの人格を守るという口実のもと、そして、自分の多様な可能性をいくらかでも伸ばせればと願いつつ、私は自分の本名を捨てるつもりはなかったものの（本名を担うのは全力でトロッコを押すのと同じくらい重く感じることもあった）、来たるべき私の作品から本名を完全に切り離すつもりだったのだ。

考えてみるに、私が窮状に陥ったのは、二十歳頃の古臭いイデオロギー、文学を秘密の暴露に過ぎないとみなすイデオロギーに留まっていたためだった。おそらく今日なら学校で子供たちが学ぶようなことすら私には理解できていなかった。本はあらかじめ存在する何かを反映したり書き写したりするものでなくてもよいのだ。本はただ存在しているだけなのだ。だから、心配も遠慮もせず、何から何まで好きなように作り上げればいいのである。なにしろ、本とは自分以外の根拠を持たないものなのだから。それまで私の行く手を阻んできた障害を回避するには、作者を破滅させたりその秘密を暴いたりすることのない、安全な書き方を見出すべきだったのだろう。要するに、作者抜きでも自ずと生み出されるような書法である。

私はいたる所にその書法を探したのだった。

欠落

逃れ去った考え。私はそれを書き留めたいのだが。その代わりに私はこう書き留める。その考えは私のもとを逃れ去った、と。

——パスカル

著者はここでひどく当惑していることを読者に白状せざるをえない。この章を書くために使うはずだったメモがどこかに行ってしまったのだが、残念ながらもはや探す時間も書き直す気力もない。そういうわけで、寛大な読者なら気付いてくれるだろうが、当初この章に割り当てられる予定だったのは他でもなく、読者とのゆったりした話し合い（というより実際には討論）なのである。

著者はようやく自分のやり方を説明するつもりだったのだ。どうして注釈ずくめの文章を公表するに至ったのかを。というのも、読んでいる文章が絶えず中断され、展開中の議論が修正されたり改変されたりするという事態を、読者が本当に評価しているかは分からないからだ。著者は細かい修正を加えたがるのだが、そうした修正は役立つこともあるし、不可欠なこともあるものの、時にあまりに微妙なので、さほど几帳面ではない作家においては（とりわけ現代にはその手の連中が多いわけで）、そうした修正はあっさり省かれてしまうだろうが、それでも全体の均衡は崩れないどころか、より良い結果を生むのであって、また、何かを（ほぼ）断言するたびに冗談で和らげようとする癖もあるし（どうやら冗談を通じてなら難儀なこともさほど気兼ねなく言えてしまうのだ）、何かを告白するたびにすぐさま皮肉で骨抜きにしたがる気持ちもあるが（昔から知られているように、自虐趣味とはうぬぼれの一種に他ならず、若干お行儀がよいだけなのだ）、度重なるこうした介入のせいで、そもそもさほど明快でなかった元の文言が、ついには解体してしまって、各方面に害が及ぶ恐れがあるのではないか。

読者は必ずしも悪意をもってこうした考察を開陳したわけではないのだが、作者がこれに応じるために取った手段は、熱のこもった弁論、いにしえの弁論家のような本物の演説であった。

　こういう弱点なら私にはどれもよく分かっている、と著者は言った。ここまでの文章にはまとまりがあるように見えないし、そう見なされるべきものでもまったくない。隙のない厳密な論を構築したと主張した覚えなどないのだ。自分があの輝かしい文豪たちの一員でないことくらい、本人が（それも実は十分すぎるほど）分かっている。文豪たちの鋭敏なロゴスには、比類なき優美さで（まさに祝典におけるように）およびただしい注釈が含まれているため、読者は軽やかに進みつつ道を見失っても、手際よく正道に連れ戻されるものだ。

　それに、著者は自分の皮肉（あるいは揶揄）がまったく無害だと言うつもりもなかった。だが、少なくとも、この皮肉は文章の論調を示唆していたし、それにすぐには気づけなかった人にも、文章全体に規定の方針が存在することを教えてくれるのである。そのほかの点では独創的なことは何も述べていない、そう認めるにやぶさかでなかった。なにしろ、読み返してみると、日めくりの地口ほどの目新しさもない箇所が一つやふたつではなかったのだ。だが、それがどうしたというのか。何らかの真理を持続させたかったら、絶えずそれを繰り返す必要があったというのか。結局のところ、事物が存在しえたのは、日々努めてそれを作り直していた人たちのおかげなのである。

そして最後に著者はこう言うのだった。私の願いは、これまで安心しきって文学活動に取り組んできた人たちに、ほんの一瞬、ごくわずかであっても、動揺や不安を引き起こすこと、そしてそれとは逆に、書けずに苦しんでいるすべての人たちに、ささやかな安らぎをもたらすことなのだ、と。

以上は激しい議論を手短にまとめたものに過ぎないが、これによって少なくとも読者は支障なく次章を読み始めることができるはずだ。

最後の言葉

……ひとつの書物、建築的であらかじめ熟考された書物であって、いかに霊感が驚嘆すべきものであったとしても、偶然による霊感をまとめたようなものではない書物。

——マラルメ

どうして一冊の本はそれを書く必要性に見合う出来にならないのだろうか。

——ホセフィーナ・ビセンス〔メキシコの作家・脚本家〕

かくして、書物によく似たこの物体はその最終段階に到達した。ひとつの主題をめぐる複数の章がともかくもまとめられた成果である。これらのページが自ら暴き続けてきた困難や障害に、まったく（あるいはほぼ）遭遇することなく書かれたとは、とても言えそうにない。したがって、お分かりいただけようが、これから私が繰り返すのは、第一章以来すでに主張されていること（とはいえ、おそらくご記憶の通り、証明されてはいないこと）、つまり「これは本ではない」という命題である。というのも、すぐ分かるように、読者よ、今あなたが手にしている物体と、私が内心でずっと実現したいと願い、実現不可能とは思えずにいる対象とでは、似ても似つかないからである。私が望んだものは壮麗かつ荘厳で、無数の期待と密接に結びついているのだ。したがって、言語の機能を保護する意味でも、これほど異質な二つの現実が同一の語によって指し示されるべきではないと思われる。無数の厄介事を引き起こしかねないものの、(不都合な)同音異義語の問題に過ぎない、と認めるのなら話は別だが……

とはいえ、私が架空の書物を何冊も注釈している時でも、読者は辛抱強くついてきてくれたのだし、この〈本ならざるもの〉は実在する以上、その起源について少しばかり説明してもやはり許してくれるだろう。

―

私はこう考えるようになっていた。本の役割は現実をむなしく繰り返すことではなく、別の手段によって延長することなのだ。私がひたすらなすべきだったのは、その手段をすぐにでも見出すことだった。

一番いいのは言うまでもなく、手練れの手になる曖昧で不十分な表現、知る人ぞ知るこの手ごわい武器で、文学に反撃することである。文章が仕掛けてくる罠に（というより嘲笑するような嫌がらせに）対抗して、何より私自身も全力で言語的手管を弄することに決めた。欺瞞には欺瞞を、奸策には奸策を、というわけだ。そうすれば闘いは対等なものとなるだろう。

私は由緒ある禁忌に背き、その侵犯を方法にまで仕立てつつ、ありったけの冒瀆の言葉や不敬の辞を試したのだが、その際、想像以上に開拓が進んだこの分野で、先人たちが皆実践してきたように、極度の幼稚さと真面目さを混ぜ合わせたのだった。私はひとまず壮大な計画のことを忘れて基礎から学び直した。文字や音節、数、あるいは単なる句読点といった、基本的要素を通じて文章に取り組んだのだ。そこから出発して、もはやためらわずに言い切れたのは、単語、文、ページ、作品同士のあいだにはいかなる区別も存在しない、ということである。こうして、もっとも熟知するテクストの核心部において、空白、欠落、欠如、そして空虚が不意に増殖しつつあるように感じ始めた。私は専門用語を転用することで難語を大量に仕入れ、それらの語を用いて急いで空虚を埋めるのだった。

かくして私は気づいたのだが、人が受け入れようとさえすれば、単語というものは決して単独で現れることはないのである。一つの語は、仲間の語、意味や音の似た語をすべて引き連れて来るもので、明らかにそれらの語は出現の機会をうかがって、同類の語が裂け目を穿つのをただひたすら待ちわびていたのだ。私はそれらの語を好きにさせておいた。そのうえ、あの手この手で道を開いて後押ししてやった。私の筆にかかると、途方に暮れ力尽きたユゴー翁は卑屈な小人物に変わり、詩句の切れ端を大量に貯め込んで陳腐な格言を小出しにするのだった。文の優雅な曲折を見事に織りなすラシーヌでさえも、私は脚韻の廃品置場として利用した。私は好んでエドガー・アラン・ポーの寝台〔ポーには「寝台」と題された詩がある〕を探しに行き、それが閲覧室にしか存在しないことを暴き出すのだった。傑出した相棒、すでに大家になりつつあった熟練の相棒から、暗黙の協力を得て、あるとき、良い具合に廃れた（とはいえ花壇に囲まれ今なおかつての気品をそのまま保っている）司祭館の奥から、団結した労働者の一群を出現させることになり、さらには、「白人の手紙／白墨の文字」〔les lettres du blanc〕と記された名高い一ページに「文字の空白」〔les blancs de la lettre〕だけを読み取ることになるのである〔レーモン・ルーセルが『私はいかにしてある種の本を書いたか』で明かした、同音異義語に基づく言語遊戯を踏まえている〕。

私は厳格な定めに逆らって、統語法を犯す新たなやり方を探し、脈絡を欠いた文言、筋道の通らない繋がりに意味を見出そうとした。もっとも単純な定型句、慣用句を通常の意味からひそかに引き離して、より自分の必要にしっくりくるように、新たな成句を作り上げるのだった。私がとりわけ好んで用いたのは、引用符の鉄壁で囲い込まれない限り、普通なら意味をなさないような言葉であった。

『方法序説』から『はまむぎ』の題材を引き出したクノーにならい、私は修辞学概論から冒険小説を引き出し、名の知れた学校用選文集から恋物語を作り上げようとした。他の種類の本でもこうした試みを行おうとした。辞書、百科事典、年譜、それに電話帳や年鑑だっていい。確かに、あまりにパロディーばかりをやりたがるので気がとがめることはあった。死んだ形式をいつまでも作り続けてどうしようというのか。しかし、私は何度も思ったのだが、ひとつの形式を自分自身で殺してしまう前に、その形式が本当に死んでいるなどと確信できるものだろうか。

私は突然、回復期に特有の幸福感にとらわれ、空を飛べるような気すらしていた。無気力、無感覚、怠惰、不活発、虚脱状態、無頓着、無為、麻痺とは縁を切った。まるで火に焼かれているようなものだった。着火には時間がかかったものの、鎮火までにも同じだけ時間がかかるように強く願っていた。抒情と冷笑という、方向は逆だが同じように馬鹿げた二つの態度とも一挙に手を切ろうとした。人を笑わせるためにはまず自分を笑わなければならないとも、もはや感じなかった。

それ以後、嘲弄以外は真に受けまいと心に決め、文壇で独自の存在と見なされるには本を出すだけでよいのだと心の底から信じていたのだった。

偶然と友情が最後の仕上げをした。

二

そんなわけで私は異例にも思われる問いを立て、答えとなり得るものの探求に乗り出した。私は当初、この探求から面白いものが見つかることはあるまいと思った（だからなかなか取りかからなかったのだ）。診断はわけなく下せる。無気力やら、創造する努力からの逃避やら、自らの欲望に向き合わない態度といった、古典的とも言える症例だ。これらすべてに当てはまる名称はたくさんあるが、おしなべて貶めるものである。一番ましな名称はフロベールが『感情教育』に付けそうになった表題だろう。「尻すぼみ」というのだが、もちろん私はこんな出来損ないの妙な容器とは似ても似つかなかった。

私が当初構想した通りだったら、この作品は無謀な企てとなっていただろう。いくつかの基本的命題が延々と言い換えられていくわけで、私が読まされていたとしても、どの命題にもまったく関心を引かれなかっただろう。

そして、他にも何かあるのかもしれないと思い、突然、明白な事実（でありながらそれまで気づかずにいたらしい事実）を理解した。書くという個人的行為と本を作るという社会的事実の間には途方もない差異があるという事実である。私の場合、何年にもわたる取り組みの核心にあったのは、書くという手段を徹底的に用いることであったが、それは文学を生み出すためではなく、その産出を先延ばしにするためだった。

回りくどい言い方をすること、安心をもたらすものは何であれ拒絶し続けること、私がやっていたのはそれだけだった。こうした状況で、本と私を隔てる差異をいかにして乗り越えただろうか。

アルトーに加護を求め、自らの企ての根拠を『冥府の臍』冒頭の宣言に見出すことも出来ただろう。「他の連中は作品を提示しようとするが、私は自分の精神以外のものを示すつもりはない」。だが、私の願いはむしろ、適切な形式を見出して、長年ただ一つの主題について蓄積されてきた断片、種々雑多のおびただしい断片をまとめ上げるとともに、それらを濃密に凝縮し、秀逸なる数ページを導き出すことであった。それとともに私が実現したいと願っていたのは、いつでもあらゆることが起きうるとの印象を与える作品であり、また、書物の意味が著者の意志によって決まるのではなく、読み進めるに従っておのずと生じる（が、このプロセスに終わりが来るとは限らない）ような作品である。

ようやく答えが見え始めた。

私の主たる懸念（書くべきか、書かざるべきか）にひとつの形を与えることは、放心と停滞の繰り返しから、いささかなりとも抜け出す方法となるのではなかろうか。ささやかな習熟に向けた一歩となるかもしれない。プルーストも「自分の本」は書けそうにないと思い詰めていたらしく、この懸念を繰り返し書くことで自身の物語を進行させているのだ。

そんなわけで、書きたいと書けば、それはすでに書いているのである。書けないと書くなら、それも書いていることになる。これもまた物事を逆転させるひとつの方法であり、これまでそうした逆転こそが、周縁を中心に、付随物を本質に、廃石を要石に変えるような、数多くの大胆な企てを引き起こしてきたのだ。それゆえ私にはこの先やるべきことが分かっていた。強権を発動して、現実には存在しない書物を架空の本として出現させ、そのことによって、これら架空の本を論じる書物は実在するはずだと思わせるのだ。要するにデカルトのコギトを導くやり方とよく似た方法である。私が自らを作家だと思えるのは自分に文才がないことを公に認めるその瞬間であり、私の作品の題材となるのは、これまで未刊の作品すら存在しなかったという事実なのだ。〈負けるが勝ち〉戦略の好例であり、失敗を重ねることで成功に至るという、弁証法的力業の好例とも言えよう。何度となく言われてきた通り、シシュフォスは筋肉を鍛えていたのである！

読者との別れ

読者よ、こんな結末では物足りないとお思いだろうか。だが、どう締めくくればよかったのか。末尾の数行が冒頭の数行に勝るとも劣らず重要だということは、あなたと同じく著者にもよく分かっている。とはいえ、ここで締めの言葉を水増ししたとて仕方あるまい。ありとあらゆる手管を弄しても、ここまでのページを終わらせることは出来ないのだ。なにしろ、終わることなどありえないのだから。

「でも、あともうひと踏ん張りですよ」とあなたは言う。「もうひと息で負い目から解放されますから」

では、言わせてもらおう。この作品はいざとなれば、きわめて古典的な小説とも見なされうるのだ。というのも、この作品が語っているのは、絶えず先延ばしにされる出会いの物語、妨害や困難に阻まれ、錯覚や後悔に苛まれる、かなわぬ恋の物語ではなかろうか。結局は成就しない片思いの恋、作者がある文学概念に寄せる恋の物語なのだ。

かくもつまらぬエッセイを受け入れる人々の過剰な善意と、これほど馬鹿げた書物を世に出す私のとんでもない自信、どちらをより称賛すべきなのか、正直なところ私にはよく分からない。

——モーリス・ド・ゲラン『緑の手帖』

訳者あとがき

本書の表題、『私はなぜ自分の本を一冊も書かなかったのか』は戸惑いを感じさせずにはいない。著者が一冊も本を書いていないのなら、今まさに手にしているこの本はいったい何なのか（ただし、この疑問には表題の「私」を著者と同一視する前提が隠されているのだが、この点については後述する）。今、読者が読んでいるこの本は、「本」と呼ばれるには値しない、普通の本ではないとの宣言であるようにも読める。後に見るように、この見方にも一理あって、本書は確かにひとつのまとまりを備えた「普通の本」とは見なし難いのだ。あるいは深読みするなら、著者がこれまでに書いた本は「自分の本」ではないとの告白ともとれよう。つまり、著者名義の本がゴーストライターによって執筆されていたり、自分の文章が他人名義で流通していたりといった、出版事情の暴露を含意しているというわけだ。実は、意地悪いこの見立てすらも間違ってはいないのである。というのも、そもそも「自分の本」とはいったい何なのか、執筆前に大量に読んだはずの「他者の本」、「憧れの本」ないし「理想の本」との関係はいかなるものなのか、といった問題も本書と無関係ではないからである。

だが、それにしても、「著者」が本を一冊も書いていないとか、ゴーストライターまがいのことをやっていたとか、そんな憶測に現実味はあるのだろうか。表紙に記載された著者、マルセル・ベナブーはフランスの歴史家、作家で、一九三九年、モロッコのメクネスでユダヤ人家庭に生を享けている。メクネスで中等教育を終えた後、一九五六年（十七歳）以降はパリに出て、エリート校のリセ・ルイ・ルグランやエコール・ノルマル・シュペリウールで学び、一九七二年（三十三歳）には歴史学の博士号を取得している。一九七四年（三十五歳）、パリ第七大学で古代ローマ史のポストを得て、二〇〇二年までその地位にあった。このように、歴史家、大学人として、ベナブーはきわめて順調なキャリアをたどっており、本書が刊行された一九八六年（四十七歳）の時点でも、歴史学の大学教授としてすでに数冊の専門書を刊行していた。したがって、本書の、そして表題の「私」を著者と同一視するとすれば、「自分の本」に学術書は含まれていないと考えねばなるまい。

実際、本書刊行時点のベナブーは歴史家と文学者の二足のわらじを履いていたのであって、一九七〇年（三十一歳）に、つまり博士号取得や教職着任より前に、実験文学集団ウリポ（潜在文学工房）に加入しているのである。『文体練習』（一九四七年）で知られる作家レーモン・クノーによって創設され、ジョルジュ・ペレック、イタロ・カルヴィーノ、ジャック・ルーボーらを輩出してきたこのグループについては、日本でもそれなりに知られている（と思いたい）。ベナブーは加入の翌年に「終身暫定事務局長」（！）の地位に就き、いかにもウリポらしい、遊戯と組み合わせ術に基づいた言語実験を発表し続けている。ウリポへの加入から十数年を経た一九八六年時点でなら、もう堂々と「文学者」を名乗っても良さそうだが、この時点のベナブーにはまだ「自分の本」たる文学的著作は一冊もなかったのだ。齢四十七にして出版された『私はなぜ自分の本を一冊も書かなかったのか』は、文学者ベナブーの処女作なのである。つまり、ベナブーはこの歳になるまで文学的著作を書かなかったことを逆手にとって、「書くことの困難」をひたすらに語り、それをもって処女作としたわけだ。「ああ、またか」とお思いの向きもあるだろう。近代から現代のフランスにおいて、フロベール、マラルメからベケットに至るまで、時に小難しい哲学的省察とも呼応しつつ、「書くことの困難」は繰り返し主題となってきたのだから、書けない理由を述べ立てる本など今さら目新しさを感じさせるものではない。

とはいえ、ベナブーは、クノーの衣鉢を継ぎ諧謔を旨とするウリポで、いまだ著作を持たぬとはいえ、「終身暫定事務局長」の地位にある大作家なのである。芸もなく辛気くさい顔で「書けない、書けない」と繰り返しては読者をげんなりさせたうえ、結局は作品を物した自分の優越性を誇るなどという、手の込んだ嫌がらせに手を染めるはずはない。読者へのサービスもまたウリポが尊重する価値なのだ。実際、本書を一読した際の印象は、「書くことの困難」がもたらす苦渋ではなく、多種多様の弁明が引き起こす滑稽さなのではなかろうか。「書き始める」あるいは「完成させる」という辛い仕事を先送りにしようと、怠け者があの手この手で言い訳をしているようで、じつに可笑しい。まさに、本書でベナブーが述べているとおり、文学という営みには愉快で滑稽な一面があるのだ（「表現と剽軽は一音違い」〔本書九四頁〕）。

だが、単なるおふざけに終始することなく、笑いの衣の下に真面目な芸術が隠されているのもウリポの定相であり、クノーの『地下鉄のザジ』に「お笑いだけじゃない、芸術もあるんだ」との自己注釈が施されているとおりである。一行目を、一頁目を書くことの困難さ、そのとき出会う具体的な障害をベナブーはユーモラスに述べ立てるのだが、それだけにとどまらず、「書くこと」をめぐるより原理的な状況に触れることも忘れていない。すなわち、あらゆる企ては未完成に終わるほかなく、その意味で「書く」という営みは「欠如」としてしか現れ得ないという事実である。「完成品」と謳う作品も実際には「未完成」であるほかなく（さもなくば、なぜ複数の「作品」が存在するのか）、「完全」や「充足」という位相においては「書く」という営みに接近し得ないのだ。

さて、「書くことの困難」を主題とする点で、ベナブーの書物がフロベールやマラルメを喚起するとすれば、書く企ての先延ばしを延々と書くことで最終的に一巻の書物に到達する、という構造は、ベナブーと同じ「マルセル」の名を持つ大作家、プルーストの『失われた時を求めて』と同一のものである。「プルーストも「自分の本」は書けそうにないと思い詰めていたらしく、この懸念を繰り返し書くことで自身の物語を進行させているのだ」〔本書一六九頁〕。さらに、本それ自体が書かれる過程を時系列に従って報告するというアイデアは、ジッドの『贋金つかい』(一九二六年)以来、二十世紀フランス文学の鍵となる特徴のひとつとなっており、むしろ陳腐化したとさえ言えるかもしれない。そうした状況にあって、ベナブーは「自己言及性」の可能性を大真面目に探究しているというより、それと戯れ、自己言及的書物にありがちな身振りをパロディ化して楽しんでいるかのようである。「最初のページ」と題された章の冒頭を見てみよう。「始めは超短文。たった六字程」〔本書三一頁〕。原文では« Au commencement, une phrase très courte. Une demi-douzaine de mots seulement. »〔始まりには、極めて短い文。たった半ダースほどの語〕となっており、最初の短文は確かに六語からなっている。だが、この自己言及は手が込んでいて、「たった半ダースほどの語」と述べるこの文自体にも自己言及が及んでいるのだ。この文の語数は、demi-douzaine〔半ダースほど〕というハイフンで繋がれた語を一語と数えるか二語と数えるかに応じて、五語と六語のあいだで揺れている。この揺らぎ自体までが「半ダースほど」という揺らぎを含んだ表現によって自己言及されているわけだ（ちなみに日本語訳では、小さい「っ」にこの揺らぎを込めたつもり）。この後に始まる長大な文についての記述は、それ自体が長大な文によってなされ、「推量の助動詞」や「錯綜する挿入や括弧」が含まれていると説明されるとおり、その文にもこれらが使用されているといった具合である。しかも、パフォーマティヴに複雑化された長大な一文をやっとの思いで読み終えて終結部にたどり着くと、この長文は「何の結論ももたらさない」という結論に遭遇してしまうのだ。読者にしてみれば、鼻面を引き回されているかのような気分であろう。

こんなふうに聞かされると、このウリポ作家の文学的処女作には、やはり方々でトリッキーな言語遊戯や仕掛けが施されているのか、とお思いになるかもしれない。実際、ある対談でベナブーは次のように明言しているのだ。「私にとって、この本は

〔……〕ウリポの直系に位置づけられます。しっかりした構造への配慮、あらゆる形の言語遊戯の援用がつねに見られるのです」(Christophe Reig et Alain Schaffner (éds), *Marcel Bénabou : Archiviste de l'infini*, Presses Sorbonne Nouvelle, 2015, p.185)。ここでベナブーが言及している二つのウリポ的特徴、「構造への配慮」と「言語遊戯の援用」のうち、前者は一目瞭然と言えよう。一見、処女作の執筆にいたるまでの挫折の過程が、ゆるいエッセイ風に綴られているようではあるが、目次を見れば分かるとおり、三分割が書物全体を構造化する数的原則となっているのである。他方で、言語遊戯の援用については、ベナブー自身が言うほど目立つわけではない。あからさまな言語遊戯はごく例外的にしか用いられておらず、総体としての本書は、ごく読みやすいオーソドックスなフランス語で書かれているると言ってよさそうだ。だが、言語遊戯によって支配されているのは、テクストの表層ではなく、その深層にある発想であることを、これまたベナブー自身が明かしている。littérature〔文学〕という語をほぼ等価な発音の表現 lis tes ratures〔汝の削除箇所を読め〕、lie tes ratures〔汝の削除箇所を繋ぎ合わせろ〕に読み替えることで、「整理統合」の章で語られる逸話、訂正や削除で埋め尽くされたカードの思い出が呼び起こされたのだという。あるいは、自らの営みを端的に表現した短文 j'écris sur une page blanche〔私は白紙に書く〕において、sur という前置詞を「〜の上に」という意味から「〜について」という意味に読み替えることで、「私は白紙について書く」という解釈を導き、そこから「白い紙のコレクション」という、忘れられていた記憶を引き出したとされている。「語順」の章第三節で語られる逸話である。同音異義表現や前置詞の多義性に依拠した読み替えの技法は、ベナブーも本文中で言及しているレーモン・ルーセルの創作原理であるが、その自伝への適用については、ミシェル・レリスによる『抹消（ビフュール）』という先例がすでに存在しており、ベナブーが両者の営みを意識していたことは疑いない（ちなみに『抹消』には、「自らの文の長大さを記述する長大な文」という、先に言及したのと同種の自己言及文が含まれている）。

ベナブーのこうした言語遊戯がウリポの美学の反映であることは論を俟たないが、より根源的にその生育環境に由来するものであることも当人の認めるところである。モロッコのユダヤ人家庭に育ちフランス式の教育を受けることで、ベナブーはごく幼い時分からアラビア語、ヘブライ語、フランス語のあいだを行き来せざるを得なかった。ベナブーと同じくマグレブ出身のユダヤ人であるジャック・デリダは、『他者の単一言語使用』（一九九六年）において、フランス系マグレブ人であることはアイデンティティの豊かさを意味するわけではなく、アイデンティティの困難をもたらすと述べている。これに対して、時代の差なのか、気質の差なのか、ベナブーはデリダ風に怨嗟の声をもらすことはなく、自ら経験した多言語環境を懐かしく思いだしては、むしろ、単言語使用者に対する優越感すら感じていたと述懐している。とりわけ、多言語の往来により培われた言葉への関心や言語遊戯への感性を誇らしく感じていたというのである。

デリダや本文中でも言及されているカフカ、さらには「ぼくは両親が話した言葉を話せない」とつぶやくペレックと比較する時、ベナブーの無邪気さはいっそう際立つことになるが、もちろんこれには装われたものという面もあるだろう。多言語使用がもたらすアイデンティティの揺らぎにベナブーもまた無縁でなかったことは明らかである。「二言語以上を操ると、快感が得られる以上に危険が兆すように思われた」〔本書一二一頁〕。そしてまた、ベナブーが親しんでいた三つの言語、アラビア語、ヘブライ語、フランス語は、決して対等でも交換可能でもなかった。教育や文化への接近を可能にしてくれたのはフランス語だけであり、フランス語のおかげでベナブーは首都での栄達を遂げ、歴史学の大学教授となったのである。歴史学者ベナブーの専門が、古代ローマ史、とりわけ、北アフリカにおけるローマ化の過程であったことは、きわめて示唆的である。というのも、古代ローマ世界において、北アフリカ属州の住人が現地語を捨ててラテン語を身につけ、ローマ文化に組み込まれていくプロセスは、アラビア語とヘブライ語が飛び交う家庭に生まれながら、学校でフランス語を学び、やがてパリのエリート校に進学して首都の大学教授になるという、ベナブー自身の歩みと重なるからである。

このように、得失相半ばする多言語環境やフランス文化への屈折した思いは、それ自体が本書の主題のひとつをなしているとも言えるのだが、ベナブーが結んでいたフランス語との特殊な関係は、「書くことの困難」という中心テーマとも深く結びついている。そもそも、書くことに伴う困難には、原理的・普遍的なものがあり、すでに

『旧約聖書』に「日の下に新しきものなし」と記されているとおり、新規性を見出す苦労などはその最たるものであろう。だが、ベナブーは彼に固有の困難をも抱え込んでいたようなのだ。高度な文化への接近を可能にしてくれただけでなく、本来よそ者であったはずの自分を受け入れてくれたフランス語に対して、ベナブーは「盲信的な崇敬と熱烈な感嘆」を抱くとともに、「恩義」をも感じていたという。その恩に報いるためには、ただ文章を書けばよいというものではなく、「言語のしもべ」として立派な文学作品を作るほかない、と思いこんでいたのだ。良い文章を書かねばというプレッシャーは、筆を執るもの誰しもが感じるものではあろうが、ベナブーの場合、フランス語への盲信ゆえに、いたずらにハードルを高く設定していたわけである。下手なものは書けないから、若書きや習作を世に出したり、似たり寄ったりのシリーズものに加わったりはしたくない。いきなり、ただ一つの大傑作を生み出したかった、だからなかなか書けなかったのだ、などと不遜なことを言い放っている。ベナブーは、本書の中央に位置する重要な章「唯一の書物」において、唯一の神聖なる書物を尊ぶユダヤ的伝統や、世界を一冊の書物に到達すべきものと見なしたマラルメなど先人との関連において、傑作を一冊だけ生み出したいとの不可能な願いを、真剣かつユーモラスに披露している。

「唯一の書物」の希求、換言すれば独創性への執着は、実のところ、ひたすら「書くこと」だけを考えているぶんには何の問題も引き起こさないはずである。書きたいことを書いて、これぞ唯一の本でございぃ、と悦に入っていればいいのだ。「唯一の書物」や「独創性」が実現しがたく感じられるのは、読書経験によりこの世には傑作がすでに数多く存在することを知ってしまうからなのだが、逆に、既存の傑作を超越する、あるいはそれと自らを差異化するためにも、「読むこと」は避けて通れない。「書くこと」と「読むこと」とは表裏一体の営みなのであり、創造的に書くための跳躍板として読書が不可欠であることは今さら述べ立てるまでもなかろう。「今では逆に、書く喜びは読む喜びの別の側面なのだと感じ始めていた。対になった二つの営みの間で作業が微妙に入れ替わり始めてさえいたのだ」〔本書七四頁〕。先に、本書と『失われた時を求めて』との構造的類似に言及したが、「書くこと」と「読むこと」の関係をめぐっても両者は通じ合っている。周知のように、プルーストの小説そのものが具体的な批評を数多く含む卓抜な読書論となっているし、その語り手は書く決心をするまでに大量に読み、なかんずくベルゴットという模範を乗り越えなければならなかった。一方、ベナブーの語り手は、書きあぐねつつ万巻の書を読み漁り、ついには来たるべき書物は断片となって世界中の図書館に散らばっているのだと思い至る。つまり、彼が書くはずの「唯一の書物」は、他のいかなる本とも似ていないどころか、方々から借用された断片の織物に過ぎないのではないか、と予感するのである。

「書くこと」についてベナブーの話者が抱くこうした見方には、一九八〇年代半ばにはほぼ常識となっていた読書の創造性をめぐる考え方、すなわち、読者は同時に作者であり、その逆もまた真である、との考え方が反映していると見ることもできよう。読者の役割を重視すること、他者の言葉を積極的に取り込むことはまた、ウリポの美学の一要素でもあり、たとえば、ジョルジュ・ペレックの代表作『人生 使用法』（一九七八年）は、ジグソーパズルに擬えられた読者とのやりとりや、大量の「非明示的引用」（＝剽窃）を内包しているのである。もっとも、ペレックの小説が時に十数行にも及ぶ「剽窃」を含んだ、文字通りの「引用の織物」であるのに対し、ベナブーの書物ではそうした大々的な剽窃はほとんど行われておらず、ほんの数語がこっそりと、だが頻繁に忍ばされるという違いがある。そのため、フィリップ・ルジュンヌが指摘するとおり、本書からはしばしば「どこかで読んだような気がする」との印象（既読感）を受けるのだが、誰のどの文章なのかはなかなか特定できないのだ。「剽窃は必要だ」と宣言したのはロートレアモン伯爵ことイジドール・デュカスであったが、ベナブーも他者の言葉を頂戴する後ろ暗さは微塵も見せないどころか、自分が書くべき表現を先に使ってしまった奴が悪いのだとまで言い放っている。「世界は実際のところ剽窃者だらけのようで、そのため私の仕事は長々と続く発掘作業となってしまう。私が将来書くはずの本から不可解にも盗まれたわずかな断片を残らず執拗に探し求めるのである」〔本書六七―六八頁〕。ここにはっきりと読み取れるのは、「先取り剽窃」というウリポの遊戯的概念である。自分たちのアイデアによく似た試みや作品が過去に存在した場合、普通ならそれらを先駆として称賛したり、自分たちのほうこそ模倣者だとへりくだったりするものだろうが、ウリポの場合は図々しくも、先に現れた作家や作品のほうが、自分たちのアイデアを「先取りして剽窃していた」

とみなすのである。「剽窃」という軽蔑語が使われているものの、彼らにしてみれば もちろん、これは最大限の称賛だ。他のウリポの概念と同じく、「先取り剽窃」も遊戯的な概念であることに間違いはなく、あまり大真面目に受け取るのは野暮かもしれないが、過去から現在へと一方向的な影響関係しか考えない文学史の視野狭窄をただし、作家や作品のあいだの関係をもっと自由に、双方向的に考えるきっかけとなりうる概念とも言えよう。

だが、この「先取り剽窃」の概念以上に、ベナブーにおける剽窃の意義をよく説明してくれるのは、「書き写す」という行為が「読むこと」と「書くこと」を併せ持っており、書くことへの障害を取り除いてくれる営みだという見方である。カトリーヌ・ロラントは、書写の持つこうした効能を巧みに説明するものとして、やはりウリポに所属していたイタリア作家、イタロ・カルヴィーノの小説『冬の夜ひとりの旅人が』（一九七九年）の一節を挙げている。この小説に登場する作家サイラス・フラナリーは、「あらゆるものを含む本」という、「唯一の書物」に勝るとも劣らぬ誇大妄想的野心に囚われ、書くことができなくなっている。そこで、『罪と罰』の最初の数行を書き写すことにより、この大小説がもつエネルギーをわが物にしたいと願っている。

私は『罪と罰』をそっくり写してしまいたいという誘惑に取り憑かれない前に筆を止める。一瞬、私は、今では想像の及ばなくなった職業、写本家という職業の意味と魅力がいかなるものであったかわかったような気がした。写本家は読むことと書くことという、二つの時間的次元を同時に経験していたのだ、写本家はペンの前で空白が口を開けるという苦悩を知らずに書くことができ、また読むという自己の行為がなんら物質的なものに具体化されないという苦悩を味わわずに読むことができたのだ。

〔脇功訳〕

写本家が実践する「書き写す」という行為は、白紙を前にした作家の苦悩にも、羨望に苛まれる読者の虚無にも無縁のまま、「読むこと」と「書くこと」を同時に実現するものだと言うのである。『私はなぜ自分の本……』を書くに際し、「書けない作家」が登場するカルヴィーノの小説をベナブーが意識していたことは間違いあるまい。

実際、語り手は自らを託すべき仮の人格の名として「マティアス・フラヌリー」を挙げているのだが、こうした目配せ以上に両者を結びつけているのは、「物語の残骸から成る書物」という側面である。カルヴィーノの小説では、作中人物としての読者がある物語を読み始めると、落丁本だったり邪魔が入ったりして、どうしても最後まで読み通すことができない。その結果、『冬の夜……』は、物語の冒頭だけを集めた書物の趣を呈することとなっている。ベナブーの書物においても、話者は各章の冒頭でその都度「書けない理由」を検討しては克服に努めるのだが、つねに試みは失敗に終わってしまう。次の章では、またあらたに一から始めることとなり、本全体は未完の企ての集成となっているのだ。

さて、「引用の織物」などという懐かしい言い草に、カルヴィーノのいわゆる「ポストモダン小説」との類似まで加わると、要するに『私はなぜ自分の本……』というのは机上の空論を弄ぶ類いの書物に過ぎないと高をくくる向きもおられよう。だが、語り手による述懐のすべてが実感を欠いた遊戯や仮面をつけた演技であるとも私には思えないのだ。多言語・多文化環境に起因する、自らの出自への矜恃とアイデンティティの揺らぎ、「書くことと生きることという古典的二者択一」〔本書一〇二頁〕をめぐる葛藤、自らの才能への疑念などは、ベナブー本人の偽らざる実感と見て差し支えなかろう。あるいは、メクネスで過ごした平穏な子供時代、イフラネでの春休み、ラバトの酷暑の描写は、著者の体験に直接由来するものに違いあるまい。この本には著書なき作家ベナブーの知的自伝とも言うべき側面が確かにあるのだ。とはいえ、本書では冒頭から、「私語り」や自伝的作品への警戒感があからさまに見られることもまた半面の事実である。ベナブーが自伝を忌避する理由は、このジャンルにまとわりつくナルシシズムへの嫌悪にあるようだ。自己陶酔的な私語りへの埋没を避けるため、煙幕として架空の「私」を介在させるという手法は、すでに冒頭近くの「表題」の章で提示されて以降、程度の差はあれ本書を貫いているように思われる。こうして、この特異な「自伝」においては、仮面としての「私」が語るドン・キホーテ的失敗の数々、多分に誇張された知的遍歴の中に、ところどころ、作者ベナブーの実感が吐露されるといった具合に、〈想像〉と〈体験〉が一緒くたに提示されているのである。本書後半の章「主人公」では、フィクションを書く誘惑とその危険性に言及されているが、冒頭において「仮面の私」を設定した時点で、この作品はすでにフィクションに染まり始めていたのだ。最終章「読者との別れ」において、本書は「古典的な小説とも見なされうる」とされ、「絶えず先延ばしにされる出会いの物語、妨害や困難に阻まれ、錯覚や後悔に苛まれる、かなわぬ恋の物語」、「結局は成就しない片思いの恋、作者がある文学概念に寄せる恋の物語」〔本書一七二頁〕と総括されるのである。

書けない理由を述べ立て、企ての失敗を書き連ねる本書に、どのような「落ち」が用意されているのかは想像に難くない。「書きたいと書けば、それはすでに書いているのである。書けないと書くなら、それも書いていることになる」〔本書一六九頁〕。語り手が言うところの、〈負けるが勝ち〉戦略である。こうしてきれいに着地を決めたベナブーの「処女作」から、読者が受ける印象はもちろん人それぞれであろうが、私としては、先にも記したとおり、仮面の演技から透けて見える「二流作家」の本音が身に染みた。本書の刊行後、ベナブーは順調に「自分の本」を上梓し続けており、その中にはこの作品と対をなす読書論『手遅れになる前にこの本を放り出せ』(一九九二年)も含まれている。名実ともに「作家」の仲間入りを果たしたと言えるのだろうが、ウリポに属する（した）巨大な才能たち、旧知の盟友ジョルジュ・ペレックをはじめ、イタロ・カルヴィーノ、ジャック・ルーボー、あるいは創始者レーモン・クノーと比べれば、学者稼業との二足のわらじ、四十七歳での遅蒔きのデビューはさておくとしても、やはり見劣りしてしまうかもしれない。ベナブーが吐露する「書けない焦燥」、「才能への不安」には実感がこもっていたはずであり、私もつい共感してしまうのだ。次の一節など、本書が書けない同類たちに向けた激励の書であることをよく示すものである。「私の願いは、これまで安心しきって文学活動に取り組んできた人たちに、ほんの一瞬、ごくわずかであっても、動揺や不安を引き起こすこと、そしてそれとは逆に、書けずに苦しんでいるすべての人たちに、ささやかな安らぎをもたらすことなのだ」〔本書一五八頁〕。ともあれ、エッセイと自伝と小説のあわいにあって、書くことと読むこと、さらには生きること、過去や他者との対峙といった切実な主題を、ユーモラスに語る書物として、本書が他に類例のない文学作品であることは間違いあるまい。

本訳書の底本としたのは次の刊本である。Marcel Bénabou, *Pourquoi je n'ai écrit aucun de mes livres*, Seuil, « La Librairie du XXIe siècle », 2010. 本作品は、刊行された一九八六年に「黒いユーモア賞」を受賞し、一九九〇年のドイツ語訳を皮切りに二〇二〇年の中国語訳に至るまで、多くの言語に訳されている。日本語訳の過程でも、独訳、伊訳、西訳、英訳、葡訳を参照することができた。

訳書の刊行に際しては、水声社の神社美江さんと廣瀬覚さんから丁寧かつ適切な助言を数多くいただいた。また、妻の里香は最初の読者として忌憚のない意見をぶつけてくれた。ここに心からの感謝を捧げたい。

二〇二四年十月

塩塚秀一郎

著者／訳者について――

マルセル・ベナブー（Marcel Bénabou）　一九三九年、モロッコのメクネスに生まれる。一九五六年よりパリ在住。元パリ・ディドロ大学教授（一九七四～二〇〇二年）。一九七〇年にウリポに加入し、組み合わせ文学や制約下の自伝など、さまざまな分野の探求を試みている。主な著書に、『手遅れになる前にこの本を放り出せ』（セゲルス出版、一九九二年）、『冬の邸宅』（ル・ヴェルジェ、二〇〇一年）、『ラカンの七八九のネオロジズム』（EPEL出版、二〇〇二年）などがある。

＊

塩塚秀一郎（しおつかしゅういちろう）　一九七〇年、福岡県に生まれる。東京大学大学院人文社会系研究科博士課程単位取得退学、パリ第三大学博士（文学）。現在、東京大学大学院人文社会系研究科・文学部教授。専攻、フランス文学。主な著訳書に、『ジョルジュ・ペレック　制約と実在』（中央公論新社、二〇一七年）、『レーモン・クノー〈与太郎〉的叡智』（白水社、二〇二二年）、『逸脱のフランス文学史　ウリポのプリズムから世界を見る』（書誌侃侃房、二〇二四年）、ジョルジュ・ペレック『煙滅』（水声社、二〇一〇年）、レーモン・クノー『リモンの子供たち』（水声社、二〇一二年）、リュト・ジルベルマン『パリ十区サン＝モール通り二〇九番地　ある集合住宅の自伝』（作品社、二〇二四年）などがある。

装幀——宗利淳一

私はなぜ自分の本を一冊も書かなかったのか

二〇二四年一一月一〇日第一版第一刷印刷　二〇二四年一一月二〇日第一版第一刷発行

著者――マルセル・ベナブー

訳者――塩塚秀一郎

発行者――鈴木宏

発行所――株式会社水声社

東京都文京区小石川二―七―五　郵便番号一一二―〇〇〇二

電話〇三―三八一八―六〇四〇　FAX〇三―三八一八―二四三七

［**編集部**］横浜市港北区新吉田東一―七七―一七　郵便番号二二三―〇〇五八

電話〇四五―七一七―五三五六　FAX〇四五―七一七―五三五七

郵便振替〇〇一八〇―四―六五四一〇〇

URL : http://www.suiseisha.net

印刷・製本――精興社

ISBN978-4-8010-0783-3

ロートレアモンとサド　モーリス・ブランショ　三五〇〇円
日本のうしろ姿　クリスチャン・ドゥメ　二〇〇〇円
みどりの国　滞在日記　エリック・ファーユ　二五〇〇円
ラマンタンの入江　エドゥアール・グリッサン　二八〇〇円
氷山へ　J・M・G・ル・クレジオ　二〇〇〇円
オペラティック　ミシェル・レリス　三〇〇〇円
ポストメディア人類学に向けて　ピエール・レヴィ　四〇〇〇円
つれづれ草　ジェラール・マセ　二八〇〇円
帝国の地図　つれづれ草II　ジェラール・マセ　二〇〇〇円
オーダーメイドの幻想　ジェラール・マセ　二〇〇〇円
記憶は闇の中での狩りを好む　ジェラール・マセ　二〇〇〇円
アイデンティティ　断片、率直さ　ジャン＝リュック・ナンシー　二〇〇〇円
モーリス・ブランショ　政治的パッション　ジャン＝リュック・ナンシー　二〇〇〇円
マラルメ　セイレーンの政治学　ジャック・ランシエール　二五〇〇円
文学の政治　ジャック・ランシエール　四二〇〇円
ロラン・バルト　最後の風景　ジャン＝ピエール・リシャール　二〇〇〇円
夢かもしれない娯楽の技術　ボリス・ヴィアン　二八〇〇円
フォルチュニのマント　ジェラール・マセ　二五〇〇円

［価格税別］